假塑膠花

王善——著

假塑膠花

目錄 /

各方推薦

指彈吉他演奏家　林洛：

九月眼中觀察的世界（病房）很像是作者在觀察生活周遭的一切人事物的角度，感覺他似乎就是九月；嗑藥的、善良的、天真的、粗魯的、詭異的、邪惡的、熱心的。（讀〈貓間失格〉）

感恩，愛 AUSH（阿許）：

Shit，今天期限。

虛空領主 Mydama：

這本書裡，有你們忘記的東西。

因子生活工作室 執行秘書 魏世怡：

彷彿全身深陷在尋找生命意義的泥濘，才莫名感觸當人生每越過一個山洞，我們已經失去當人最開始的美好。（讀〈路燈女孩〉）

台藝大電影系延畢生 王品喬：

這些故事看著看著，原以為沒事但其實真的很有事，有點像發生了什麼事之後推翻自己原本認知的感覺，充滿未知與恐懼但卻感到痛快。

製作人／導演 海先生：

作者將自己化煉出的紅色藥丸潛藏在文字的間隙間，使潛意識像掉進愛麗絲夢遊仙境般產生離世間感。好玩！

推薦序：台北巫師

巫師在一個沙灘醒來，發現自己置身荒島。

沙灘後方是濃密的熱帶植物林，海鳥在遠處的空中盤旋，兩隻形狀奇怪的螃蟹正在爭奪腳邊一顆腐爛的椰子。

他隱約記得之前的事情，海洋、郵輪、假期、熱帶島嶼渡假村。

他記得自己在甲板上曾與一名拿著鳳梨雞尾酒的男人交談。男人說自己是一名心理醫師，正帶著患有妄想症的病患一起旅行。（註）

巫師對妄想症十分感興趣，他試著詢問醫師細節。

「這是一個非常有趣的案例，我的患者相信自己此刻正處在一個荒島之上，這艘郵輪、水手、乘客和你我，還有我手上的雞尾酒都只是他因孤獨而幻想出來的。」醫師喝了一口鳳梨雞尾酒，露出滿足的笑容。

「所以我決定真的帶他登上一座無人島。」

「你認為這樣就可以使患者的妄想症痊癒？」

「不能說是痊癒。」醫師閉上眼睛沉吟，一邊咀嚼著口中的鳳梨片。

「應該這樣理解：當他的幻想成為現實，他就沒有妄想症了。」

醫生果然在抵達渡假村之前就先下了船，巫師倒是度過了整整一個禮拜的悠閒假期，與當地人交上朋友，還和一名金髮的女遊客展開一段曖昧。當他離開渡假村回到經營酒吧的日常，仍不時回味這段美好的假期。

只是巫師始終並不明白，自己為什麼會擁有一段在荒島沙灘醒來的記憶。

註：那人並不是醫生，他叫靈魂，是這本小說的作者。

台北巫師的相片

推薦序：獨立音樂創作者　謝孟庭

我那時候剛開始在咖啡店打工，老闆說有個活動是什麼發表會之類的，反正就是去幫忙，滿不以為意。然後偶然在朋友的社群帳號上發現他是發表人之一，覺得蠻酷蠻巧的。

我跟他見過幾次面，卻沒當面說過什麼話，訊息往來居多，半生不熟但偶爾聊天內容又有點深入。

沒算錯的話是第二次見面。

我不擅長因此討厭跟陌生人說話，所以只是交際應酬閒聊兩句，就決定窩回吧台電腦後躲起來，放他跟他朋友在樓上繼續抽煙。

他發表的時候蠻炫的，看起來是沒做什麼準備就上台亂說，但又有模有樣，指著藍底上有三隻熱帶鳥的投影幕說出一套道理——那個是待機畫面耶，根本沒準備投影片啊這個人，還不停東酸西酸現場其他人，或是這個社會。

不過基本上我還是窩在筆電後面滑臉書，偶爾笑笑而已。

回去之後我私訊他說，如果他得獎了，真的很荒謬。

然後補上一句，不是他不好或不配，只是這個世界原來可以這麼荒謬。

噢，然後他得獎了。

世界還是蠻有趣的嘛。

後來也才知道，很久很久以前他就給我看過《假塑膠花》的第一章，資本主義、佔有、海邊、戀人……之類的。

如果是個依靠推薦序來辨別書籍價值的人，這篇文章應該也起不了什麼作用；如果是本依靠推薦序來提升作品價值的書籍，應該也不會找我寫推薦序。

寫到這裡還是想不通為什麼會要我寫推薦序，大概是，反覆閱讀過《假塑膠花》三次以上，不小心參與了作品誕生過程巧妙的幾個時刻，然後跟這個作品有些巧妙的連結，這樣吧。

滿喜歡《假塑膠花》的，它討人厭得讓人喜歡。

喜歡到覺得多做推薦或介紹都在汙辱作品——越來越不懂需要在作品之外長篇大論解釋作品的意義何在。

所以想了又想就只寫了這本書的誕生現場、小小的片段——它座落在現實世界時的態度很差，但很直接又扎實，表裡如一。

希望你讀完也能感受到我的千分之一喜歡，那真的就滿多了。

推薦序．插畫家　曾知盈（Wisy Z.）

自學生時代，作者與我便時常和一群朋友一起鬼混，窩在熟悉的老地方喝酒聊天，戰一些有的沒有的事情。隨著時間過去，聚會的人越來越少，變成幾個固定班底，分歧的意見依舊，卻不再劍拔弩張地交流。也許是彼此已經磨合觀念完成，或是更強烈地相互理解，更多時候變成創作分享，或是講八卦。

小說裡的每一篇，我是跳著看且時間都相隔滿久。作者寫完後就會傳過來，加一句：「如何？」而我總是無法立刻打開來看，因為我知道，他的故事總是跳躍性很強，最好是一次看完。

書裡四篇我都分次看過，這次受邀畫封面和內頁插畫才第一次照順序完整看完，才發現最後一篇《假塑膠花》微妙地連結了其他三篇，些微沾個邊，不刻意也不隱晦的手法。

也許和作者認識許久，看他的作品時，會自然套入他平時在跟我們講話的樣子跟語調，就像作者親口在講故事般，可能比讀者稍微容易抓到節奏。在構思內頁插圖時，我一下子就決定好呈現的方式了。配合小說給我的感覺：「充滿細節、敘事簡單卻難以猜透」，每一篇將我較有感覺的橋段、重點以具象並充滿象徵意味地畫出來，再全部排列在同一篇。我期望讀者先看到畫時，還是搞不懂小說情節內容，看完小說後再來看畫便會大概知道畫的代表意義。我追求一種似懂非懂，以為自己親自體驗過就會瞭解，然而不管是小說或是現實世界，都不是這樣的。

小說的封面也配合書名而畫了花，花的選擇卻是令我猶豫不決，每每想到不同花的品種，都容易有盛開過頭的樣子，若是刻意畫得花瓣半開，就會有種嬌羞感，真是令人困擾。「天堂鳥」最先吸引我的是花名，而外型上也可以排除上述兩個擔憂。並以鮮豔的熱帶顏色在全黑背景襯出塑膠感，下半部的花逐漸碎落。

能受邀參與這部作品的一部分我感到榮幸。讀者們總會在小說裡的角色尋找自己的身影，相信在每個人的陰暗面還是可以找到一抹黑色溫柔。人間即地獄，心中有執著的人，啟程便是天堂。

貓間失格

第三十五日

那是一個美好的清晨，那是一道溫暖的陽光。我把下巴放在白色的窗台上，盯著外頭看，什麼也不做。嗯，真的什麼也不做。一整個早上什麼也不做，多麼美好。

光的溫度隨著時間拉長而變得灼熱，我將下巴移離窗台。跟陽光先生保持一點距離吧。我轉而縮在藤椅上，光線只到我前腳的肢肘，用肢體感受溫暖，而非直接接觸，就像站在微波爐外取暖一樣，不是直接在裡面取暖。

當然，我進不去微波爐，我沒有那麼笨。

「九月。」

陽光消失之後，我聽見了護士的聲音；我慵懶得回頭看她一眼，對她釋出「老子才不想理妳」的訊息。不過話說回來，今天還沒有吃飯呢。

「九月。」

我回頭望向窗外，此時天空的顏色已經變成了金橘色，就像是柚子的頭髮。

柚子，不是真的柚子，是我的室友，因為他頭髮的顏色很像柚子，所以我叫他柚子，你問我大家叫他什麼我可不能回答你。

柚子是個無聊的人，他整天只會待在房間裡畫圖，還是很恐怖那種，充滿彩紅跟奇妙生物的圖畫。真心覺得他腦子燒壞了。

「噢。」

護士的手撫摸過我的頭，另一隻手摸著我的下巴，我喜歡她一邊摸一邊抓的感覺，很舒服，很讓人放鬆。噢，啊。

「嗷？」

等等，怎麼停了呢？我還想要妳繼續摸啊。快點！

「九月！不行！」

我咬了一下護士的手，結果被打了。

「吃飯時間到了。來，我們去餐廳。」

護士離開，我才懶得理她。

「九月。」

我聽到了護士拍拍大腿的聲音，那我做做樣子回頭看她好了，看她生氣的樣子怪有趣的。

「九月。吃飯。」

「嗷。」

眼角的餘光瞄到了在餐廳裡的大家。咕嚕咕嚕。肚子在抗議了，它說我不該一直不吃東西，胃就像是寵物一樣，你得讓它吃東西，否則胡鬧。

「嗚。」

我只好離開有點小張的藤椅，蹦蹦跳跳到護士旁邊，再跟著她去餐廳。

我的位置在老護士跟萬寶路的旁邊。老護士是這間房子裡的另一個護士，因為她比較老，所以我叫她老護士；這間房子裡共有兩個護士，她們負責準備伙食、清理環境，有時候會陪大家玩玩遊戲，或問大家一些問題。

萬寶路是一個喜歡看電視的人，就是那裡面會有不同節目的黑白小盒子。他可以一整天都坐在輪椅上盯著電視，什麼也不做；當護士叫他起來走一走，他會大吼，並且離開輪椅一段時間，但很快又會因為重心不穩而跌坐回去，超蠢的。

那為什麼我會叫他萬寶路呢？因為他上衣的口袋裡總是放著一個小盒子，上面寫著萬寶路。護士說過，要記住一個人最快的方法，就是先記住他的特徵。

「好，現在大家都到齊了。可以開始禱告了嗎？」

老護士那狡詐的目光巡視了整張餐桌一遍，大家很自動的牽起手。

「今天輪到誰禱告？」

沉默。萬寶路用手肘碰了我一下。噢，原來是我。

「嗷噢。」

「嗷噢。」大家跟著我說了一次禱告詞。

老護士看著我，確認我沒有更多的禱告詞。

「阿門。好，大家開動。」

第四十五日

聖誕節快要到了，護士已經在大廳裡擺上了聖誕樹，可能是想趕快把真主降臨的氣氛感染給我們吧，畢竟宗教還是佔了這間建築的一大部分，光是走廊上就有三張不一樣的耶穌油畫。

這間房子裡一共住了八個人，扣掉我，有：護士、老護士、柚子、萬寶路、小可愛、彩帶，還有一個人，但我不想提他。

柚子，我的室友，喜歡畫畫，或是說他只會畫畫，只看過他用水彩；他會把畫貼滿整面牆，屬於他的那一面，有一面是我的。有一次他把畫貼到我的牆上，被我用爪子撕爛了，因為既然那在我的牆上，那我便有權力對那張畫做任何事。

萬寶路，一個坐在輪椅上的老頭子，除了看電視之外，還會罵人，很會罵人，有一次還把老護士給罵哭了。彩帶安慰她很久，那時我正在盯著盆栽看，他們剛好在我的旁邊，好像是因為爭執該不該每天洗澡這件事。噢，萬寶路不喜歡洗澡。

小可愛，會這麼叫不是因為他真的很可愛，是因為他很矮，嘴巴又嘟嘟的，經常流著口水；走起路來很蠢，頭會左右晃動，而且異常的外八；原本想叫他小蠢蛋，但護士說過，不要總是記著他人醜陋的一面，多觀察他們美麗的地方，因為你覺得的醜陋，可能會是他人認為的美麗。

但我還是覺得小可愛很蠢，既然無法改變我的觀點，至少我可以改變我的用詞；這樣當我說出真實的想法時，我還可以告訴大家：至少我努力過了。

「九月。借過一下。」

護士拿著雞毛撢子對我微笑，如果她帶著面具或是醜一點的話，很可能就是個殺人魔。但她很漂亮，所以不可能會是。

「我要打掃這張沙發。」

好吧。我離開就是了。我跳下沙發，伸了個懶腰，走向遊戲區。遊戲區顧名思義就是用來放玩具的地方，哈哈，她們所謂的「玩具」。玩具就應該要好玩，可是這些東西我一點都不想碰，那它們對我來說就不算玩具了吧。

「嗚。」

我來到彩帶的旁邊，她正盯著樂高積木；彩帶是除了護士二人組之外，這間房子裡唯一的女性。

「嗨。九月。」

彩帶沒有看我，她似乎感應到我來了。順帶一提，彩帶是個女巫；她有次從口袋變出一條拉也拉不完的彩帶，從那天起她的名字就從乳房變成了彩帶。

「我正在憑著意志力來讓積木移動。」

她說明了她在做的事，這對我來說很重要，因為我經常不知道別人在做什麼。

「嗷噢。」

謝啦，佛洛伊德。我開始跟著她一起盯著樂高積木，因為我很想知道什麼叫「憑著意志力」。

「動了。」

可惡，我眨眼了，我沒看到神奇的瞬間；我總是錯過這種奇蹟的時刻，我好恨我自己。大魔法師彩帶的超級意志力——移動的樂高積木！我想這就是她巡迴表演海報上會寫的標題。

「你沒看到嗎？」

「噢嗚。」我要求她再做一次。

「啊，可惜，我今天的能量扣打用完了。我得去看一下探索頻道補充正能量。」

我表示失望，彩帶隨便拍拍我的頭後便往客廳走了，我持續盯著樂高積木。我的意志力到底夠不夠強呢？不久後，客廳傳來萬寶路罵人的聲音，未看先猜，彩帶轉了他的台；萬寶路很討厭探索頻道，尤其是當其他動物正在交配的時候。我記得老護士對他說過一句話：「你這個硬不起來的傢伙！」

現在距離吃飯時間還有好一陣子，我不能總是盯著這樂高積木。但我好像也沒事做。

第七十日

今天很冷，大家圍成一圈坐在聖誕樹的旁邊聽修女讀著書上的故事，除了我之外；因為我是這裡面最酷的獨行俠，一向不參加無聊的團體活動。

我待在窗邊，看著窗外的一切，今天下著雨。在雨中我看到了一個男人，他並沒有撐傘，站在雨中，我看不清楚他的臉，是一片模糊的肉色；但我覺得他在看著我。我鼓起勇氣與他對視，挺直胸膛，宣示主權。

我下意識認為他是在對我宣戰，認為我是個籠中之物，沒有見識；雨滴在透明玻璃上敲打節奏，我的心跳漸漸與之同步。

雨變大了，我開始失去他的身影，大雨就像清潔劑一樣，把不屬於窗戶的一部份都清理掉。

「九月。」

那是護士的聲音，我快速的轉頭看向她。大家早就睡成一團了，老護士正在幫他們蓋上毯子；我早就說過那本紅色的厚書很無聊，只是那本是護士唯一讀過的書。

「嗷喔。」護士接過一條毛毯向我走過來。

「你要回房間睡嗎？」她微笑。

不，平安夜是大家都睡在客廳的日子；這樣明天早上一醒來就可以看到樹下的禮物。護士看我沒有要移動的意思便向我道了晚安，替我披上毛毯。

「走吧，吉兒。我們還有事要做。」

老護士關了燈，現在所剩的光源只有聖誕燈的紅藍閃光，還有窗外的月光；不知他還在不在？我回頭望向窗外，人不見了，但雨勢變小了點。雨聲和萬寶路的呼聲將我的眼皮變得越來越重。
我站在雪地之中，原本正在吹的冷風停了下來，我盯著遠方，那個男人站在那，我還是只看得到一團模糊的肉色；他告訴我，他叫做「努得」。接著他的嘴巴變得好大。
我睜開眼。
那是夢嗎？還是一個訊息？我不知道。還是我被努得抓了出去，但他消除了我的記憶？我出去了多久？毯子蓋的方式跟一開始不一樣，我的身上也有一點水漬，可能是融化的雪，我不知道，外面沒有下雪，可能到過更高的地方。
「嗚嗯？」
靈敏的我在夜裡聽到了怪物的叫聲，尖如女性，低如男吼，還伴隨著喘息聲。怪物就在這棟房子裡。我跳下藤椅，輕聲慢步地追尋著聲音的源頭，我的字典裡沒有恐懼。
最後在餐廳的牆上我看到了怪物的影子，這會是另一個夢嗎？還是剛剛的夢才是真實？我沒有再靠近的意願，怪物的影子前後蠕動，牠有八隻腳，一顆像螞蟻的頭，但沒有觸角。牠的吼聲忽快忽慢，前肢開開合合，彷彿在吞噬著什麼。
當我看到地上的護士服後我瞬間明白了，護士已被殘忍的吞食；真可憐，竟然選在聖誕節的時候。
我離開了廚房，回到房裡，反鎖大門。我不是害怕，只是還不想成為某人的晚餐，不，宵夜。
希望大家一切安好，阿門。晚安。

第七十一日

我的禮物是一個紙袋，能夠讓我把頭套進去的一個紙袋，待在裡面的時候，一切都變得很黃。舒壓。
「喜歡你的禮物嗎？九月。」
護士的聲音，我以為她昨晚已經變成怪物的宵夜了。我鑽出紙袋，護士微笑的盯著我。
不太對勁。該不會怪物剝了她的皮，假裝是她，來混入我們之中。
「嗷啊啊。」
「你的聲音好奇怪啊，這是喜歡嗎？」

護士跟往常一樣摸摸我的頭跟下巴，沒想到連行為模式都完美複製了。我得趕快警告大家。

「噭。」

「嘿！九月！你不喜歡也不用這樣吧。」

我抓了一下護士的手，她似乎很痛，至少她的血還是紅色的。

我最先找到的人是小可愛。他的聖誕禮物是一雙大得可憐的荷蘭木屐，他得在裡面塞滿彩虹球才有辦法穿著走路。

「去你媽的九月，滾遠一點。」

小可愛罵人總是那麼的可愛，口水會隨著他的髒話一起噴出。嘿！你穿這麼大的鞋子還有辦法走路嗎？你連不穿鞋子都走不好。

「噭噭噢。」

但嘲笑一個蠢蛋並不是我來的目的，於是我警告他；護士已經死了，怪物披著她的皮。

「滾啦。你媽的混帳低能兒。」

小可愛並沒有聽進去，他就這樣拖著兩隻大腳從我身旁走過，最蠢的是，就算他這樣平行移動，他的小頭還是左右晃得厲害，更不用提他的蠢辮子。

算了，他死了也不足為惜，我得趕快告訴柚子。這算是他當我室友的特權，有機會得知第一手的情報。

我很快地蹦跳到房間；柚子的聖誕禮物是一盒新的蠟筆，看來連聖誕老人都希望他換個媒材來創作；只會用單一媒材來創作的藝術家稱不上是一個藝術家，只能算是專家。

柚子跟以往一樣，趴在地板上畫畫，而那盒新蠟筆在垃圾桶裡；被奴化的心理所產生的想法永遠都是被奴化的反動，我替柚子默哀三十秒。

「噢嗚。」

我警告他關於護士的事。

簌簌簌簌，柚子沒有理我，繼續用他的畫筆在一張廣告紙上塗抹；護士沒有空白的紙給他，通常柚子都是拿報紙裡的廣告紙來畫，有的時候他會根據廣告紙上原本有的圖案來畫，有的時候則直接把那些鬼東西蓋掉，換成更多的鬼東西。

「嗷嗚嗚。」

因為他是我室友，所以我又多試一次。

柚子持續用著藍色畫一個球狀的東西。好吧，我連室友都救不了；我沒有進去房間大哭一場，因為勇者永遠不會放棄，我得去告訴下一個人。

萬寶路坐在電視前，他也只有那裡可以待，聖誕節沒人可以跟他搶電視，這就是他的聖誕禮物；他可以在電視前看一整天的聖誕特別節目。

我爬到電視前，坐好，等他發飆。

「我肏你媽的！」

萬寶路氣得差點站起來，因為他看不到脫口秀主持人帶著愚蠢的聖誕帽跳舞。

我保持安靜。

「請你離我的視野遠去！王八九月！」

萬寶路的憤怒共分成三個階段，這是我長期觀察累積下來的結論。

第一階段，咒罵；他會用盡各種他能想到的惡毒語言，套入時事，或是代入你的特徵，瘋狂的罵你，將你的尊嚴放在地上踩，又或者當做廁所用完放入馬桶裡沖掉的衛生紙；就像現在這一句。

「你會遭到報應！就像上禮拜發生空難的那些傢伙一樣！媽的！你不是在飛機裡的遊客！而是他們的家屬！你所剩的人生只剩下無盡的煉獄！」

我依舊保持冷靜，我是淡定的象徵。我盯著火紅的眼睛。

第二階段，手舞足蹈；萬寶路開始揮舞雙手，必要時加上雙腳，有的時候他會不小心打翻東西，就像此時此刻他腿上的那碗爆米花；飛翔的白色爆米花就像雪一樣，誤打誤撞增進了這棟房子的聖誕氣氛。

「九月。放他一馬吧。」

那是彩帶。萬寶路就像個玩具被搶走的孩子一樣，哭鬧，拳打腳踢。

第三階段，安靜的流淚，我喜歡稱這個階段為「聖彼得的眼淚」，因為，基本上萬寶路看起來就像那幅畫中的老人一樣，絕望，抬著頭，看著那個他認為是神之所在的方向。這個階段來的時間不一定，這取決於萬寶路的體力，當他沒有力氣拳打腳踢跟怒罵時，他將昇華成為聖彼得。這是一個必然的結果。

就像現在。萬寶路握緊雙手，看著斜前上方，喘氣。該是我出馬的時候了。

「嗚喔。嗷。」

「你這畜牲。」

「嗷嗚。嗷喔。」

「九月。放他一馬吧。不要今天。」

我也許做得太過火了，一開始怎沒有想到你要一個人好好聽你說話時，把他逼到絕境是沒有用的。

好吧，抱歉，萬寶路。

「九月。」

彩帶走過來，摸摸我的頭。

「嗷。」

「走吧，我帶你去看看我的聖誕禮物。」

我想，剩下的希望就只有彩帶了。她或許願意跟我一起想辦法把怪物解決掉。我跟著彩帶離開客廳，來到遊戲間。

我的紙袋還在那裡，好險護士跟紙袋不一樣。

「小九月。仔細看著我的手哦，仔細。」

彩帶蹲到我的面前，張開她的兩隻手，手掌朝向我。接著，神奇的事發生了，她的右手一個俐落的翻轉，一隻嬌小可愛的小鸚鵡出現了。

「咿！」

小鸚鵡的叫聲高亢。我盯著牠不放，牠側過臉看著我。

「這是我的聖誕禮物。我想叫牠小柑橘。」

我深深的被小柑橘黑色的瞳孔吸引住，牠看起來好小，好小，好可口。

「咿！」

當我回過神來，小柑橘已經在我的嘴裡，然後很快的，我的左臉一陣酸麻，斜眼看到彩帶流著淚的臉。

「九月你這個大笨蛋！」

噢，再來是右臉，看來耶穌是對的。

我把小柑橘吞下，都是血的味道，其實沒有想像來的美味；彩帶的哭聲越來越遠，看來我沒辦法阻止怪物的大屠殺了，我真是沒用。

「嗚嗚噢。」

彩帶往餐廳跑去，接著一雙手抱住了她，噢，不；是護士，不，是怪物。看來彩帶早就已經是怪物的伙伴了。這下我真的孤立無援。

到底還有多久的時間可以歌頌我的悲慘與失敗？或單打獨鬥，一個人拯救所有的人！不，我做不到。我連蒼蠅都抓不到，怎麼可能戰勝一個寄生在他人皮囊之下的怪物。

沒有希望了吧，我想。

等等。

不。

還有一個人。

一個我一直都不想提到的人，藍色。房子裡的第八個人。

我來到藍色的門前，那扇藍色的大門。可以的話，我並不想再走進去一次。

可是，現在是非常時期。

門自動打開了，可能是他沒關好，一股濃厚的異味從門內傳出，藍色的味道，不意外。裡頭很暗，我往內探頭。

「原來是九月，請進。」

雖然他這麼說，我還是猶豫了。不過好像也沒別的選擇，我走進房間，門自動關上了。

藍色坐在一張紅色大沙發上，手中拿著菸，他前方有一張桌子，上面擺著針頭，鬆緊帶，酒精燈，湯匙，還有很多大包小包的東西，我不知道那些是什麼。我會叫他藍色並不是因為房間門的顏色，也不是他喜歡穿藍色的衣服，也不是他的頭髮，基本上來說，他並沒有頭髮。當然，也不是他的瞳孔。

是因為他給我的感覺，藍色。我無法用文字形容，或用其他東西；我看到他的同時，腦袋的感知是，我看到了藍色，就這麼簡單。

「你想來點嗎？我可以在聖誕節破例一次，不收錢。」

灰色的煙霧從他的耳朵中緩慢散出，他的眼睛不大，但卻可以清楚地知道，他在盯著你，看著你的靈魂。這感覺跟努得很像。

「通常我都會收錢的，當那兩個護士跟我買的時候，我是指。」

藍色放下菸，拿起桌上的一個小袋子，從裡面倒出一顆綠色的藥丸，放在桌緣，簡單來說就是我的面前。

「這東西不便宜，我不能告訴你來源。」

他拿回他的菸，吸了一口，往我的臉吐氣。這當然不是我來的目的，吸二手菸。

「有的時候我會允許護士用她的身體來付錢，年輕的那個，我是指。像昨晚一樣。」

他提到了護士，或許他知道些什麼，我該問問他了。

「嗷嗚。」我跟他描述大概的過程。

「九月。」

「噢嗚嗚。」

「九月。」

他放下了菸，看來他也知道些什麼。有希望了。

「沒有人他媽的知道你在亂叫什麼。」

「嗷？」

「所以你可以停止亂叫了。」

「噢喔！噢嗚！」

「你真的是這間收容所裡最智障的一個。」

「嗷嗷嗚嗚喔喔！」

溝通失敗，我激動往前撲，他是我最後的希望，我不能放棄！我跳到桌上，弄亂他的桌子，吸引他的注意，我對著他大喊：護士是怪物啊！

藍色看起來不太高興，他彎腰下去，似乎在撿東西。我不管，不管他放什麼到桌上我都會把它弄掉。

「你爽一下吧，別在這添麻煩。聖誕快樂。」

我感覺後頸一陣刺痛，他好像打了什……

第X X日

我在雪中搖晃著，視線逐漸清晰；好冷。

努得的紅色毛帽蓋住了他的臉，毛帽在眼睛處被挖了洞，但我看不見努德的眼睛，因為他的頭總是仰望著天空。

你有看到雪嗎？他說。我不太懂他的意思，雪不就在地上嗎？你低頭就看的到了吧。我說。

我指的是空中的雪。他說。我也抬起頭。沒看到。我說。

努得看著我，此時從天空降下了一條繩索，努得抓住。繩索連接著一個巨大的飛行物體，很像裝上風扇的巨型蝌蚪，或是鯨魚，我看不清楚。

離開吧。他說。出來找我吧。他說。另一頭才是真正的世界。他說。

沒有飛過，怎麼知道你不是鳥？

努得丟下這句話後，就跟著繩索一起離開了。啊，我的頭好痛。一陣風吹來，我在積雪裡滑了一跤。

第XX日

碰。好痛。

跌倒的我，為了爬起來卻撞到了桌子。等等。桌子？

仔細看一下四周，原來我被傳送回來房子的餐廳裡。努得真的不簡單。

「噘？」

今天是星期幾？我不知道，現在最重要的是趕快從桌子底下出來。

「九月？你去哪了？昨晚大家都在找你呢。」

護士低頭看著我，對著我微笑。嗨護士。不是。慘了。糟糕。我完全忘了這件事。她已經不是我認識的護士了。我好餓。

現在已經沒有人能夠幫我了。我失落的跟著護士離開餐廳。結束吧，大家都被怪物感染了，而我是最後一個；謝啦，上帝。

「你一定很餓吧。」

護士微笑著把食物到進我的碗裡，我沒有看她，或許眼神接觸會被催眠。

「感覺今天心情很不好唷。」

護士輕輕撫摸我的背，跟以前一樣舒服，但她有沒有可能延著脊椎扒開我的背，鑽入我的體內？

「慢慢吃。我先去幫湯爺爺換尿布了。」

我聽見護士離開，也聽見另外一個人走來。是彩帶。

「我還不能原諒你。就算你裝可憐搞失蹤也一樣。」

我繼續吃我的食物。

「你不能因為你自己的問題就吃了我的小鸚鵡。」

「嗷嗚！」

「如果你跟我道歉的話，我可以，或許，原諒你，暫時的。」

沒有飛過，怎麼知道你不是鳥？原來還有一個人可以幫我，那就是努得！

同樣的一個午後，我蜷縮在沙發上，看著窗外。天氣很好，沒有下雪。努得會出現嗎？我一再想著這個蠢問題。

日光變得越來越斜，大家都在做著一樣的事；你們都安逸於此，那是因為你們都被怪物洗腦了，但我沒有，我還沒有！

「嗚喔喔喔喔！」

大吼一聲！我用頭頂去衝撞窗戶玻璃！努得！我來找你了！

匡啷，大家都安靜了，連電視都變得無聲，在我即將起飛的同時，窗戶外快速的升起了數根鐵柱。血模糊了我的眼睛，接著是一陣強烈的電擊。

「嗷喔喔！」

酸麻的感覺，我往後彈飛，跌到了地板上，嗯，天鵝絨嗎？好軟。我記得這種感覺，叫做「失去意識」。

第XX日

「你不應該嘗試逃跑。」

我隱約聽見護士的聲音，看來我被逮住了，她也知道了我知道她其實是怪物的事實，一定是小可愛，那個大嘴巴。好呀，現在我也要被改造了。我感覺四肢無法動彈。

「這是一件你做過最蠢的事。」

這聲音有點熟悉。我睜開眼，是一個我從來沒見過的男人，帶著兩片小圓玻璃在鼻子上，身材壯碩。真的沒見過。

「嗷。」

原來我被綁在一張冰冷的床上，臉被包住，只有嘴巴跟眼睛在外面。

「精神小屋。你現在所在的地方。如果你試圖從八〇年代療癒之家逃走的話就會被送到這裡。你是第一個。」

這聲音我到底在哪裡聽過，我快想起來了，雖然沒見過你，但再多說幾句吧。

「通常一般的病人我們都會嘗試做教育治療，不過你看起來是失敗了。」

他拿起針筒，我認出他是誰了，這個聲音，是努得！太好了！他來救我了，又或者是，努得本來就是潛伏在怪物之中的間諜，我終於弄懂了他說那句話的意思。

「來，打針囉。可憐的家伙。」

我來了，我按照約定來了。脖子刺痛，身體一陣抽搐。努得，這是另一個考驗嗎？

「嗚喔？」

「這麼厲害？一般人大概三秒後就昏過去了，小傢伙，你是不是平常有在偷嗑藥啊？我明明叫奇珥不要亂賣給病人的，唉。」

「……嗷？」

「都打第二針了，求生意志真強啊。也對，沒有飛過，怎麼知道你不是鳥呢。」

第三針，我看不清楚了；努得，我相信你，我們約定好了。

「這裡是酚藍醫生，試驗體Ｄ２８，試驗失敗，開始執行腦額葉切除手術。」

最後一刻，他靠近我的同時，我看見了一隻青色的鳥。

第一日

車窗外的景色已經看不到大樓。爸爸安靜的握著方向盤，媽媽在副駕駛座上睡著了。我不知道我們到底要去哪裡。媽媽早上的哭聲或許是這一切的開始吧。

我們來到了一座莊園的門口，鐵欄門上寫著「伊甸收容所」。

「我們有預約。」

門緩慢的打開，爸爸將車窗升起。我們來到一間白色的房子前，媽媽此刻已經醒了，他們牽著我下車，爸爸解開項圈。

「歡迎光臨伊甸，請跟我來。」

一位年輕的護士帶領著我們進入那間房子，房內的擺設古典，至今應該有二十年以上的歷史吧；我怎麼知道？噢不，我只是這麼覺得而已。

「兩位，這是院長。謝爾多。」

護士帶領我們到二樓的辦公室後離開。一位白髮身材壯碩的男人站在窗前，陽光讓白色頭髮閃閃發光。他轉身後，直直看著我。

「我想，他就是電話中提到的九月了吧。」

院長走近我，伸手摸著我脖子上的勒痕。我穿過他，看著後方的木牆，上面滿滿是鳥的標本，還有照片。

「請問是從什麼時候開始的呢？」

「從他兩個月大的時候。他開始變得頑皮，而我們又常常不在家，家裡的經濟負擔不了保母……或是傭人，所以就……」

「把他鍊起來。在可以活動的範圍內擺上食物。」

「對，沒錯。沒想到，就……」

「就這樣鍊了十二年？」

「不，我們有嘗試放開他，但沒想到他……」

「瘋的像一隻狗一樣！醫生，你真的該看看他當時的模樣！」

院長捏住我的脖子，迫使我抬起頭看著他，他看著我的眼睛，棕色的瞳孔變得好大，大到我可以看見我自己。

「他不是狗。是別的東西。」

他放開我，我大口的喘氣。

「可是他現在挺乖的不是？」

「那是因為我們在他的午餐裡加了鎮定劑。」

媽媽摸著我的頭髮，每當她這麼做時，我會舒服地發出呼嚕聲。

「我來跟二位解釋一下我們這裡的療程，我們主張讓病人回到他內心最真實的狀態，從中觀察，找到病因。」

「請問目前……有成功的案例嗎？」

「這不是你們需要知道的。但有一點你們必須知道，這個治療方式會導致他喪失過去的記憶，只會留下知識；兩位懂這之間的差別嗎？」

「催眠術嗎？」

「藥物催眠，也有人說是，精神改造。」

院長帶上一副古怪的小眼鏡，他坐下，接著從桌子下拿出了幾份文件。

「兩位請在這三份文件上簽名，一份是同意不過問治療的過程，一份是同意從今以後他的所有權歸於我，最後一份是若治療成功，將會支付你們一筆可觀費用的證明書。」

媽媽慢慢的走到桌子前，拿起院長遞給她的鋼筆。筆尖停在文件前。

「不用考慮了，太太。我相信，你們會決定帶他來這裡，是因為你們對他已經沒有了愛。」

院長微笑著，媽媽慢慢的在文件上簽名。

「感謝你們對國家的付出；沒有飛過，怎麼知道你不是鳥呢？」

他微笑著收起了文件。媽媽走回我的身邊，我抬頭看著她的下巴。

「那句話是什麼意思？」

「哪句話？不好意思。」

「那句關於鳥的。」

「那句啊，哈哈。沒什麼意思啊。」

爸爸和媽媽走向門，我轉身想跟上，但卻被院長給抓住。我嘶吼，大叫，但他們都沒有回頭。

院長用力打了我的頭一下，我因為驚嚇而停止尖叫。他再次掐住我的脖子，看著我的雙眼。

「這句話的意思是，如果他們肯試，就會發現，他們一點都不愛你。小瘋子。世道就是如此，因為你跟我們不一樣。」

「我……」

啪。一個巴掌。

「我……」

啪。一個巴掌。

「我……」

啪。一個巴掌。

「我……」

啪。一個巴掌。

「我……」

啪。一個巴掌。

「……嗷喔。」

「對，這樣才乖。」

〈貓間失格〉全文完

屍咬

序章

他們宰了他。

這句話是不是似曾相識？這是知名小說《巧克力戰爭》的第一句，可惜的是，那本小說裡是用在打躲避球上，而我的生活裡，是用在屠殺上。

今天街道上充斥著炎熱的空氣，不是因為冷氣開太多所導致的溫室效應，而是因為到處都在起火，街上的車子被打得起火，商店裡的電線莫名的走火，住家裡的瓦斯桶爆開；你說，這些景象是不是很像某些電影裡、電玩裡的場景？

我知道你想到了什麼，先別急著回答《我是傳奇》這個答案，因為他沒有起火的街道，只有一堆樹和野生動物；想像一下，現在我眼前的畫面比較像是《28天毀滅倒數》或是《盲流感》裡的混亂景象；東倒西歪的車子、電線桿，破掉的櫥窗玻璃，冒火的屋頂，碎掉的屍體塊，血跡，最後則是一定要有的，血紅色天空。

我真的不知道天空為什麼會變成紅色，會是因為蒸發上升到天空的血氣累積夠多了，所以才變紅色嗎？但我看根本就是在放屁，要是這樣，小便蒸發到天空不就變黃色了？我相信偉大的天空會變成這種顏色一定有其他的原因，絕對不是因為什麼白癡的蒸發理論和其實是我帶著紅色墨鏡這種選項。

該來說說我們城市發生的情況了，殭屍的出現非常突然，突然到新聞沒有報，社群網站上沒有新的動態，也沒有粉絲專頁和活動的發佈，視頻網站也沒有影片，一點消息都沒有，還真得很可怕。

據說，第一隻殭屍是在公園出現，是一個流浪漢，大家起初都以為只是個發酒瘋的流浪漢，大家在他靠近時都毫不猶豫的將他擊倒，當他終於咬到一個在椅子上打瞌睡的上班族後，才發現事情大條了。

因為上班族跟流浪漢不一樣，平常不會咬人。

很幸運，等到大家發現有殭屍在路上亂咬人時，全市大概還有四分之三的人還是普通人。不過大家並沒有像電影裡一樣慌慌張張的躲到購物中心（因為裡面有足夠的糧食）裡，還是到大型活動中心（因為聚在一起可以互相幫忙），而是一樣各過各的生活，唯一不同的是，大家都把窗戶用大膠帶貼住（有鐵窗的不用），還有出門時隨身攜帶武器，棒球棍之類的，或是槍械、弓箭等遠距離武器；還有些人因為這突發性的災難而感到高興，因為許多公司必須大量裁員，把變成殭屍的人從員工名單上去掉，所以本市的就業率瞬間飆高，另外，還有因為上級主管變成殭屍而升職的人，也有討厭的人變成殭屍而可以盡情毆打牠的人。

毆打這件事說來也妙，地方官員在災難爆發後很快頒布了一條新法律，〈屍咬法則〉，這條法則裡有一條是說：若路上的殭屍向你攻擊，並試圖做出咬嗑的動作時，你可以反擊。簡單來說，人民可以適當的自我防衛，也因為這樣，街上常常出現毆打殭屍的場景，一開始也死了不少殭屍，但是也有人不小心變成了殭屍；這條法則莫名維持了人口平衡。

聽說殭屍災難只有發生在我們這座城市，所以中央政府也沒有多在意，單靠〈屍咬法則〉就簡單的維護了，當然沒必要搞得多大，但病毒剛暴發時，有中央派來的科學家把殭屍帶去研究倒是真的。

很快的，殭屍就從災難變成了一種「現象」，感覺像是常在路上出現的野生動物一樣，跟狗搶食物，或吃狗，想吃人時就會被揍，就是這麼悲慘。

這樣乍看之下，殭屍變成了被欺負的角色對吧？不過，很快一切就會改變了，而今天就是改變的那一天。

我的名字叫「艾方」，我是一隻殭屍。

第一章

對，我是一隻殭屍，真實的殭屍。

這個城市是我兒時的搖籃，也是孕育我長大的溫床，除了有許多友善的市民外，還有良好的治安；不過這一切都在我變成殭屍的那一天改變了，也就是頒布〈屍咬法則〉的前一天。

現在回想起那一天，真得覺得自己很蠢。

那是災難發生後的第二天，那天下午我和小蓮有個約會，順帶一提，小蓮是我的女友。

災難的消息是在第一天晚上傳出的，那是一則新聞，刊登在市晚報上，報紙上寫的只是在市中心旁的地下道裡有幾個瘋子會到處亂咬人，希望大家不要靠近；那是一篇很小的報導，也沒有寫得很詳細，況且，我根本沒有讀市報的習慣，不只我，很多人都沒有；所以，真正的消息到了第二天下午才上了電視新聞台，我說真正的意思是指，殭屍災難這件事。

現在回到我變成殭屍的那一天。

因為我完全不知道有殭屍災難這件事，所以我很放心的去赴約，而街上的行人也沒有什麼不一樣，大家還是一樣過著繁忙的都市生活，只擔心著自己的人生目標是否會被別人搶走，而非擔心自己會不會被殭屍咬到。

我赴約的地點在市中心的一個地標，一座噴水池，很漂亮，水從頂部的天鵝雕像噴出，再經過兩層的大理石雕花圓盤，最後流入池中再循環。

我到的時候離約定的時間還有一下子，我便坐在噴水池外圍的長椅上等待，我記得那一天的風很美，溫暖卻又帶著些許暗沉。

約定時間一到，我望著前方十字路口上來來回回的人，果然，小蓮的身影從往來的人群中出現，由於她的方向跟大家不一樣，所以我在第一眼就找到她。

依舊是那可愛的髮型，依舊踏著頑皮的步伐，只不過今天看起來不太一樣，她面無表情的望著前方，筆直的向我走來，速度很快，我當下很緊張，深怕是我無意中得罪了她。

我離開長椅走向她，做出試探的肢體動作，但沒有搭到她的肩，她在距離我一個手臂長的位置停了下來，帶著一種奇怪呆滯的眼神，除此之外，其他都跟平常沒兩樣。

這時來了一陣風，但這陣風的溫暖不見了，只剩下暗沉；暗沉的風吹過我的臉，頓時，我感覺四周的空間扭曲，而且她的臉也變得暗沉，很恐怖；不過這種感覺一下子就消失了，因為風走了，她又變回呆滯的眼神。

我站在原地跟她對望了幾分鐘，後來發現，她這樣其實還蠻可愛的，只是不知道她想表達什麼，總之，現在她看起來不像是生氣的樣子。

當我露出笑容時，她開始邁開步伐，朝我靠近，很快地，她站到了我的面前；我低頭看著她，推算著她想幹嘛，突然，她的唇向我靠近，我開始緊張，心跳加快，因為她從沒如此的主動。

我閉上眼，準備接受這一切。

「嗯！」

我發出驚叫聲，不是因為她的嘴唇異常地軟，而是因為我的脖子格外的痛，那種帶著灼熱的撕裂感，很像被人扯了一塊肉下來。

對，她咬了我的脖子，小蓮變成了殭屍，雖然我不知道那是怎麼發生的，但她的確是隻殭屍；在她咬了我之後，便離開了，很奇怪的舉動對吧。

我昏倒了，只依稀記得，我有醒來一陣子，那時我似乎是在醫院，我好像咬了幾個人，接著跑了很久，應該說快步走了很久比較貼切；我意識恢復清醒後，就成了現在的樣子，脖子上包著紗布，泛著淡淡的紅血。

聽完這個故事之後，相信大家除了覺得我很蠢之外，也知道了一件事。

殭屍是有意識的。雖然我不知道這是怎麼回事。

這感覺很像植物人，雖然我沒當過，但應該差不多吧。你完全無法操縱自己的身體，雖然看得到，也還有觸覺，但卻喪失了控制能力，喪失就算了，更糟糕的是，身體還被另一種力量給控制了，會自己行動；我就像傀儡一般地被操縱，感覺有無數條線在牽引著我的身體，任由擺佈。

身體的行動機制其實很簡單，就是本能驅動。

肚子餓時最會四處走，看到食物就吃，如果很不幸的，出現在眼前的是生物，便會攻擊他，吃了他；不餓時會停止行動，有時站著，有時蹲著，不過有時也會漫無目的地走動；被攻擊時會理所當然的反擊，除了這些之外沒有其他行動模式。

我相信每個殭屍都像我一樣，擁有意識，痛卻不能叫出聲，難吃卻不能嘔吐，傷心卻不能流淚。

當時我已經放棄了，我的人生究竟會如何發展下去都不重要了，人生只剩下一個以第三者在玩第一人稱視角的遊戲，還會痛的遊戲；不過後來我遇到了一個人，他給了我新的想法，希望。

他是森斯，也是隻殭屍。

第二章

森斯就是那個被流浪漢咬到的上班族，也就是第二個變成殭屍的人。

俗話說的好，「殭」還是老的辣，森斯比我多當了好幾個小時的殭屍，也比我更了解目前的情況，最重要的，他是一隻可以與別人溝通的殭屍。

殭屍能溝通？真的很奇怪，當然，絕對不是靠語言，因為我們只會在肚子餓時發出一些奇怪的呼嚕聲；我們所使用的，應該是所謂的腦電波，至於怎麼傳達，讓我一步步解釋給你們聽。

森斯在變成殭屍前在一家生物科技公司上班，所以他對於殭屍災難有很多奇怪的想法；他問過我，第一隻殭屍到底是怎麼出現的？還有傳染源到底是什麼？途徑又是什麼？最讓他好奇的就是，為什麼我們還保有自己的意識？

我們遇到的那一天，就是我從醫院跑出來那晚，在一個街角，那時候我已經吃了幾個人，饜飽的，所以就站在街角，只是站著。

森斯從街角旁的巷子裡出現；從黑暗中走出，我只感覺到有人來了，因為我的眼睛直視前方，它並不會照我下達的指令行動。

過沒多久，森斯走到了我的面前，我看著他的側臉，因為他並不是正面站在我面前，而是側面，面朝我的右方。

他是我遇到的第一個殭屍（如果不算小蓮的話），當時我很害怕，還沒搞清楚狀況，到底發生了什麼事？還有，是不是每個殭屍都跟我一樣擁有意識；而這點，我遇到森斯後才確定。

森斯就這樣在我面站了很久，一動也不動，直到他把右手舉起，用他的指頭在我臉上寫下了森斯兩字；當他的手碰到我的臉時，當下我似乎可以讀到他的思維，我的皮膚雖然只感受到「森斯」兩個字，但我卻很清楚的知道那是他的名字；因為這個舉動在我腦中所感受到的像是在說：「你好，我的名字叫森斯。」

照理來說，我們這些已經殭屍化的人是無法自由行動的，森斯怎麼能夠把他的手舉起來，還在我臉上寫字，這簡直是奇蹟，還是說，只有我沒辦法自由行動？我想不是的。這真的很奇妙。

那天晚上我們談了很久，與其這麼說，不如說是我單方面的聽他對我說話；每當他要與我交談時，便會把手放到我的身上，有時候是肩膀，有時候是臉部，但從他的動作來看，他也不是很熟練這些動作，有時候會無故賞我一巴掌。

他把手放到我身上後，會像是在寫字一樣地移動，雖然有時候真的感覺不出來他在寫些什麼，但神奇的是，他的想法都會透過這些手部移動傳達到我腦子裡，這種感覺很奇怪，我不會聽到任何聲音，就像把情報直接輸到我的腦子裡，感覺很像算命師握一握手，醫生把把脈，聽個心跳就可以知道你在想什麼一樣。

森斯告訴我，他被那位流浪漢咬到後有昏迷一段時間，等他醒來後，當然，變成了殭屍，跟我一樣，意識非常的模糊，而且肚子很餓；他到處攻擊別人，他有成功咬到了幾個人，好像還吃了一個人的手臂；那天晚上，他遇到了一隻殭屍，一隻快死的殭屍，他的年紀很大，身上有些血跡但沒啥傷口，可能原本還是人時就已經快死掉了吧。

森斯當時已經飽了，他只是站在那老殭屍前面，站了許久，等老殭屍終於失去力氣倒下時，他的手碰到了森斯的腳；這純粹只是個巧合，並不是刻意去碰的，但這讓森斯發現了一件事。

好餓。

這是他從老殭屍手中所感受到的情報，他很訝異，為什麼可以聽到老先生的想法，他開始思考。

第一個想到的，當然是每個殭屍都有自己的意識卻不能控制身體這點。

接著，因為腦神經喪失了控制身體的權利，這份力量不知道被什麼佔據了，所以，腦神經沒事找事做，轉而去加強腦部的其他功能，讓殭屍們所剩的唯一能力——感知，變得更強。

這跟西醫聽心跳或中醫把脈的道理相同，將感受轉變為訊息，所以說，我們並不是聽到他心裡所想的，而是借由觸摸感受到動機，再轉換成訊息；因為在做某件事時都會有一定的動機，也可說是心情的變化，如此殭屍的超強感知能力便可以查覺到極細微的變化。

這是森斯得到的答案，而我，是他第一個實驗對象，溝通的實驗。

這一切一定有問題。

那晚，森斯流下了眼淚，我是指，感覺他在流淚。因為他認為上帝對他不公平，因為他的人生被毀了；雖然我沒辦法舉起手來安慰他，但是我借著我的心跳聲，傳過他的手，把情報送到他腦袋裡。

瞬間，我接收到森斯開心的訊息。

溝通成立。

第三章

懷疑，是森斯對這整個事件的看法。

第一隻殭屍到底是怎麼出現的？沒有一個人可以告訴我們答案，殭屍不可能無中生有，想想電影院播過的各種殭屍電影你便會知道，通常殭屍都是因為生物科技而產生，例如《惡靈古堡》把殭屍病毒運用在軍事上，雖然原本的目的是想要製造超人，卻不小心製造出了殭屍；而《28天毀滅倒數》則是因為生物疾病的研究結果傳染到了人身上，所以才爆發。

從這兩個例子看來，市面上的殭屍分為兩種，一種是死後復活變成的殭屍，簡單來說是會移動的屍體，另一種，就是被病毒控制大腦所變成的殭屍，電影裡，這兩種殭屍都充滿攻擊性，看到活人就想殺，而且不殺同類，通常會殺掉同類都是不小心；還有，不喜歡在白天出現。

至於我們算是哪一種？勉強歸類的話，應該比較像被病毒控制的那種吧，因為我非常清楚，我並沒有死，我還活著，我感受得到我肩上的傷口發癢，正在恢復中，我的心也仍在跳動，我的血仍在循環，我仍在呼吸，只是，我無法操控我的身體罷了。

除此之外，我們跟一般的殭屍也差很多，我們不會因太陽太大而懶得出門，這反倒是一般的懶人會做的事；而我們具有感知能力這點應該就是最大的不同之處吧。

天空漸漸變亮了，這是我第一次看到日出，火紅的太陽從地平線升起，真美啊；從前我都是早睡早起，從不熬夜，所以一直沒發現這美麗的景象；真諷刺，不知道是不是變成殭屍的關係，我覺得陽光好溫暖，彷彿可以看到一條又一條亮麗的彩帶飄浮在空氣中，像是極光。

森斯告訴我，咬他的那個流浪漢身上並沒有傷口，所以他並不是因為被咬才變成殭屍的，那又是什麼原因導致他變成殭屍呢？

我不打算懷疑森斯所說的，就算他能夠在受傷的一瞬間看出流浪漢的特徵與身上有沒有傷口這事；因為我也看到了，小蓮的身上也沒有傷口，她看起來跟平常一樣，只是更呆了一點。

最不可思議的是，那一天小蓮像是為了咬我而來，她並不餓，不然她就會攻擊其他路人而不是我，她的舉止很像是接收到了什麼指令一樣，例如……把我也變成殭屍的指令。

我告訴森斯，他也覺得這件事很奇怪。

要找出這事件的原因有個方法，森斯說只要能找到當初咬他的流浪漢，跟他溝通，應該就能知道一些來龍去脈。或是找到小蓮。

可是，我們並不能夠隨心所欲的行動，因為我們不能夠控制身體。

森斯告訴我他是如何讓他的手舉起來的，他會瘋狂的想像「把手舉起來這個動作」的各種細節，關節的移動，重力的感受，經過一段時間後，手便會自己舉起來。

這叫意識改造，他認為，殭屍病毒控制了我們的潛意識，或是讓我們的潛意識崛起，佛洛伊德說，潛意識具有能動作用，它主動地對人的性格和行為施加壓力和影響。這病毒便是讓我們的潛意識走在意識之前，能動作用不表示能思考，所以只剩下了本能；沒有經過思考的本能行為，這就是殭屍的行為模式。

簡單來說，森斯的方法便是利用意識，把經過不斷重覆的想法灌注到潛意識裡，讓潛意識去做我們想做的動作。當然，有時相去甚遠。

你有通靈過嗎？森斯問我。當然沒有。但他有過，他變成殭屍前每個月都會有幾天去參加靈修團體的聚會；當然，他並不相信這些狗屁，但通靈的行為就如同殭屍的行為一樣，畫符、打拳、說天語。這些都是潛意識做出來的無意義行動，通靈是基於宗教的想像，以及有樣學樣。殭屍則是基於本能。

這就是他能夠想出以上意識改造理論的原因。他是個熱衷研究各種領域的科學家。

森斯建議我們分頭找，我去找小蓮，他去找流浪漢。怎麼找？這就是弔詭的地方。我必須在腦中不停思考她的模樣，讓潛意識帶領我找到她。感覺很像求神拜佛，不停的祈禱，總有一天會實現。

沒別的辦法。森斯告訴我。

也是，站一天也是閒著。既然無法走路，就祈禱吧。

第四章

時間，對於身為殭屍的我們是件弔詭的事，我可以知道一天又過了，但卻說不出今天是星期幾，更別提現在是幾點了。如果你夠幸運，你在變殭屍前帶著高科技眼鏡或是報時手錶，那對於計算時間上會方便很多，可惜的是我連手機都搞丟了。

在尋找小蓮的過程中，我有幾次經過大街口，電視牆上會顯示時間，四月二十二日，世界地球日。

世界還是正常的運轉著，基本上，只要我不咬人，大家就不會對我暴力相向。〈屍咬法則〉頒布後，大部分的人都嚴格的遵守著，不咬人的殭屍，就是好殭屍，不可打。當然，也有不遵守的人；大家稱他們為「滅屍黨」。

滅屍黨從名義上解讀就是消滅殭屍黨的意思，所以很明顯，他們會尋找不在公共場合（或是指沒有第三方目擊證人，基本上就是可躲起來抽菸的地方）的落單殭屍（們），進行屠殺。

其實，就算被別人看見也無所謂，其實大家都歧視我們，對他們來說，殭屍就是死人；我記得我有說過，政府有派科學家來研究殭屍，那怎麼會沒發現殭屍有意識呢？

是他們試著隱瞞什麼？還是我根本就只是在做夢？

不過，這些都不重要了，我來到一條狹窄的巷子裡，被三個滅屍黨圍住。我想，是時候真正離開這世界了吧。

中間那位青年手中拿著一個黏著很多釘子的平底鍋，黏上釘子的技術很差，不過依照上面的血跡量，似乎已經足夠殺死一隻殭屍。

我想閉上眼，至少不要讓我看到這一幕；我瘋狂的在腦中想著閉眼的動作、感覺、黑暗是什麼樣子。不過在將閉眼這件事傳到潛意識之前，我已經被攻擊。

好痛。痛。啊。好痛。夠了。停。停止。

我有本能似的反抗，但寡不敵眾。任由平底鍋、鋸子、菜刀，以及其他你想得到的工具在我身上敲打。滅屍黨就像是聖誕老公公的小工匠，敲敲打打著未完成的積木玩具，直到積木迸裂，化成一塊一塊的，讓小朋友重新組合。益智玩具。意志。

我還有意志。看著滅屍黨青年臉上露出滿足的表情離開，我在想我還是人類的時候從來沒有讓別人滿足過，就連跟小蓮做愛的時候她也一直閉著眼睛，但她的眼球一直在眼皮下移動，所以我覺得她應該是在性幻想，想著別的男人。

但我又能怎麼辦呢？

我看著我的左手，它正在我的正前方，另外，我想我的頭現正靠著我的右腳。我被分屍了嗎？我被分屍了。應該用肯定句來說。

那我怎麼還會有意識呢？是病毒的關係嗎？原來殭屍真的不會死，在某個程度上來說，我達到了類似永生的狀態。

我肏你媽的狗屁永生。

我一顆頭落在巷子裡，滿腦子髒話，我感覺自己一直發出奇怪的吼聲，或呼嚕聲。一定是因為我所知道的所有髒話都被灌入潛意識裡了。這時我終於明白一個道理，為什麼殭屍們總是發出怪聲，這不是自然發聲，不是什麼喉嚨與空氣的自然共振，而是他媽的我們在罵髒話。

正當我罵到你他媽的狗婊子在幹你兒子的時候，我的視野慢慢的變高了。有人把我從後面抱了起來。

真是夠了，你的想法怎麼這麼噁心，小艾。

是小蓮。

拜託，我只剩下一顆頭耶。

這我倒是不擔心。

妳說啥？話說回來，妳怎麼在這？

我好想你。

如果這時候旁邊有人在看，這個畫面會是一個女殭屍雙手平舉一顆男殭屍的頭，流著口水，呆呆的站著。

第五章

下城區是個恐怖的地方，應該說曾經是。現在的下城區充滿了殭屍，對我來說比較像家吧。

集體意識是種可怕的東西，小蓮告訴我，大部分的殭屍都慢慢的在朝下城區移動；因為法則頒佈之後，填飽肚子對殭屍們來說是件難事，更何況有滅屍黨的存在。

那為什麼要來下城區呢？因為，下城區是上城區的排泄口，都市清潔的工作並沒有因殭屍病毒暴發而停擺，唯一改變的只有地方商店開始販賣專門裝放屍塊的收納垃圾袋；黑色的外觀，強化纖維，屍氣臭味不外露，一打只賣九十九。

在這裡有食物，這就是答案，所以殭屍們自然慢慢聚集到下城區。

但填飽肚子並不是這趟旅程的目標。我問小蓮她是怎麼變成殭屍的，她說要先帶我去見一個人。

沒錯，是人，不是殭屍。

而且，小蓮意識控制這副軀體的技巧比我熟練很多。

下城區除了垃圾場跟淨化池之外還有舊民宅（那些沒被都市更新的），上下城區是在都市更新計畫完成後分劃出來的，沒錢搬到新住宅的人，就住在下城區；不過現在是，沒被感染的人。似乎在殭屍病毒之後，人口減少，所以政府開放空房認領，舊民宅的人幾乎隔天都搬到上城去了。換房不加錢，汰舊換新，只加稅，好房不搬嗎？

小蓮帶著我到一間小學裡的體育館，她用了一小段時間轉開門把，我得有耐心，因為她另外一手可是舉著我的頭。另外，她在帶我離開時，也花了不少時間把我的身體塞進她的紫色後背包，我肢幹的血在背包底部暈開。

體育館的內部成了一個緊急醫療區，有很多病床、沾滿血的白色簾布、屍體、肢幹殘缺的殭屍，還有一個帶著橡膠手套的醫生，一個活人。

「朋友？」醫生看著我，我與他四目交接。他身上沾滿了黑色的血，帶著口罩。竟然沒有殭屍攻擊他？為什麼。

醫生，名叫布德，是下城區唯一一間診所裡的唯一一個醫生，基本上，下城區所有人生病都是給他看；殭屍病毒暴發並非只發生在上城區，下城區也有幾個案例，而且下城區散佈得更快，暴發後不到半天，下城區就已經有數十位感染者在街上做出咬嗑的動作。

布德那天一直在幫人縫傷口，他會發現異狀，是因為他縫到了一隻殭屍。

「我知道你們有意識，發現之後，我便覺得事有蹊蹺，政府的科學家只是來做做樣子，法則設計得很完善，我忍不住去想這該不會是早就設計好了，隨時準備頒佈，政府表現得就像早就知道會有殭屍病毒暴發一樣。

於是我一個人待在下城區，研究殭屍，但我不是病疫學家，我不知道怎麼去分析病毒，所以我做了兩件事，解剖殭屍，還有……」

布德捲起他的左手袖子；他的左臂尾端綁住一個綁帶，他的整隻左手成紫色，但卻仍舊活動自如。

我花了一段時間才知道怎麼控制這隻殭屍手。他說這句話時我感覺他在笑。

布德在自己手上注射了殭屍病毒，並且綁住血管，這人真的是瘋了。

他把我的頭擺上手術台，接過小蓮的包包，把我的肢塊擺到我旁邊。

「接回去後你便可以控制回你的身體，殭屍病毒有一個奇怪的地方，就是分離開的身體可以獨自工作，不會因為沒有與心臟或腦連結而失去功用。」布德一邊說一邊拿起針線跟釘槍，頭的部份擺最後，我是這麼想。

雖然布德的手是殭屍手，但他沒有辦法像我們一樣，靠觸摸傳遞想法，所以他並不會知道我認為他是個煩人的傢伙；小蓮帶我來找他只是為了要修好我的身體嗎？還是說，這位醫生知道些關於殭屍病毒的秘密？就目前看來，他什麼都不知道，我還是直接問小蓮比較快。

手術的過程中，小蓮只是站在一旁觀看，布德自顧自的說著，看起來就像個跟殭屍說話的瘋子。不，他就是。

「好，完成了。」我的頭被大量的釘子固定回脖子，布德用細線將我的血管和肌肉連結回去，雖然我感覺不到可以控制身體，但接回身體後心裡還是踏實了點。

這時，布德走到小蓮的旁邊，他輕輕撫摸她的臉，接著，他們接吻。沒錯，接吻。

「你是小蓮的朋友吧，我在她還沒變成殭屍之前是她的男朋友，你好，初次見面，我叫李布德。」

他對我伸出了右手，我看著小蓮。

好啊，原來如此。

就連變成殭屍也可以綠綠的。

第六章

我的嘴角染著血，步伐快速地走在下城區的街道上；因為我很憤怒。

我殺了布德，他可能會死，或變成殭屍，我不知道，我把他撕成一塊一塊的。我並沒有吃他的肉，對我來說那是可憎的，一點也不想吞下肚。

有一點很奇妙，在身體被重組回去後，我可以更快地下達指令到潛意識裡，雖然說還是沒有控制身體的感覺，但就像用思維去操作機器一樣，你怎麼想，就怎麼動，延遲的時間大概不到一秒鐘，真的很像在滑手機或用電腦。

只有破壞，才能重生。

結束之後我並沒有去碰觸小蓮，我一點都不想知道他們是什麼時候開始的、怎麼認識、做愛幾次、跟我做愛時是不是想著他、帶我來到底想幹嘛？還有，她說很想我是怎麼回事？

沒辦法，我在氣頭上，沒什麼好說的，或許等我氣消了再談，那時她可能還待在體育館裡吧。我們是殭屍，有的是時間。

突然，我停下腳步，一種強烈的感官刺激向我襲來，這就是被放大後的第六感嗎？我看向刺激發出的方向，是森斯。

森斯也來到了下城區，他站在路邊，看著我；他後方跟著不少殭屍，我怎麼會認為他們是跟著他？因為他們全都在看我。

轉彎，筆直前進，路旁插著行人請勿穿越馬路的標誌，但我不是行人，我是行屍。況且這個時候哪有車。

森斯看到我的反應如此快速，有點訝異，但當他看到我脖子上的釘針時，我想他嚇壞了。為了節省時間我很快地把手放到他的肩上。

我的老天，你怎麼了？

說來話長。

大致描述了我遇見小蓮的經過、那醫生的事，還有我的進化（或者稱作改變較為恰當）。森斯也很快跟我說他找到流浪漢後得到的情報。

基本上我們都得知殭屍主動往下城區聚集的情報，包括那些流浪漢。他們靠吃垃圾中的廚餘為生，有些會吃貓；每一隻殭屍都還留有身為人類的意識，大家都對吃人感到噁心、恐懼，而且還會被打，所以這觀念自然被灌輸到大家的潛意識裡，殭屍變得不敢吃人，害怕人類。

流浪漢名叫阿布，他在變成殭屍的前一天撿到了一張傳單，上面寫著：自願成為人體實驗的被實驗者，可獲得高額酬勞，此實驗保證對人體無害。實驗內容：

食用本公司全新開發之健康食品。

天底下哪有那麼好的事？能吃免費又有錢拿，阿布當然二話不說地報名了。實驗位在一間上城區的辦公大樓，健康食品公司在三十七樓；他們將阿布帶進一間白色房間，裡頭擺著兩張桌子，藍色與紅色，上面各擺著一罐像是優格的東西，他要阿布自己選。他選了紅色，對他來說這是一個較為刺激的顏色。

優格吃起來像屎，至少他是這麼說的，吃完之後他覺得很想睡。醒來之後，便回到了公園，此時他已經變成一隻殭屍，腦中不停的出現一個聲音：咬人，去咬一個對你最重要的人。

問題是，沒有一個人對阿布重要，但當下他看到了森斯，森斯躺在他專用的公園躺椅上，所以這對他很重要。

果然是政府的陰謀。森斯的結論是如此，但他想不到政府到底為何這麼做。不過森斯倒是想到了一點，那麼藍色桌上的優格吃下去會怎麼樣呢？為什麼這個行動不會被曝光，因為並非每個去的人都變成了殭屍，只有吃了紅色桌上優格的人才變成了殭屍，在他們睡著後將咬人的指令灌入他們的潛意識裡；這樣小蓮的行為就說得通了。

但……最重要的人？

那麼藍色桌上的優格是什麼？普通的優格嗎？或是，解藥。森斯的手抓住了我的肩，他認為，政府既然製造出了這個病毒，一定也製造出了解藥，一切的答案都在那三十七樓的白色房間裡。

我們應該怎麼辦？

我們是受害者，我們是被政府壓榨的人，我們是體制下的犧牲者。

所以呢？我們該怎麼辦？

反抗。

森斯張嘴，發出我聽過史上最恐怖的吼聲，接著，他後方的殭屍們也相繼發出這種聲音。

我們現在靠的不再是潛意識了，而是集體意識，憤怒，就是最強大的集體意識。

殭屍們的手一隻隻的牽了起來，我隱約看見阿布站在屍群之中。

改變成真？

第七章

創造集體意識需要一個領頭者，森斯說，這個人就是我。我的思緒傳達能力比大家都快，所以我能讓大家都變得很快，就像是一群舞台劇演員，在台上信任彼此的感覺，能量達到某種和諧；只是殭屍們必須手牽著手。

那，這就回到今天了；改變一切的日子。我們殭屍大軍手牽著手延著主要公路從下城區來到了上城區，凡是我們經過的地方必定產生火花；街上的車子被打得起火，商店裡的電線莫名的走火，住家裡的瓦斯桶爆開；但，都不是我們造成的，是那些恐慌的民眾自己造成的。

這畫面應該很恐怖吧，一大群身上掛著內臟嘴角沾著血的殭屍手牽手像社運團體一樣走在大街上，我很清楚我們沒有違反集會遊行法，人類的法條不適用於殭屍。

辦公大樓外聚集了不少的滅屍黨，就像他們早就知道這裡是我們的目標一樣，他們用拒馬圍繞住了辦公大樓，滅屍黨手持武器站在拒馬之後，森斯告訴我不用遲疑。

讓我們衝進去吧。

我下達了快速攻擊的指令進入每一隻殭屍的腦袋，接下來會發生的事你我都很清楚，就像電影裡一樣，瘋狂的殭屍發出瘋狂的吼聲，張開瘋狂的四肢以及瘋狂的嘴。

拒馬對我們來說不算什麼，我們可以採著同伴的身體上去，雖然我們都知道彼此擁有意識，感覺得到痛，但還是大義為重，更何況指揮者是我，他們也沒啥選擇的餘地。

滅屍黨擋住了第一波的攻擊，但第二波第三波他們便被撕成了碎片，潛意識還是比較強，因為單純，而且不會想太多，恐懼害怕是意識的工作，潛意識只負責執行。

天空變成了紅色，風中開始帶有血的味道，我想再過不了多久軍隊就會出現了，我們得趕在這之前得到解藥。混亂的戰場中，我抓住了森斯。

我們走吧。

三十七樓。

我跟森斯擺脫戰場，留下殭屍們與人類對抗，拖延時間。很遺憾，他們都是犧牲品，我只下達攻擊的指令，沒有告訴他們為什麼，也沒有告訴他們會得到些什麼，打從一開始，他們都只是我和森斯的棋子。

這是森斯的計劃，誰能知道解藥有幾份呢？他的意思是，他先回復後，便可以利用自己體內的抗體製作解藥，大義為重。

我拉著森斯衝上三十七樓。

推開安全門，有幾個穿著白色實驗袍的人大聲尖叫，我很快地封住他們的嘴。我們一間一間的房間尋找，底下傳來槍砲聲，看來軍隊已經到了；得快點，我告訴森斯。

終於，我們找到了。門後有兩個冷凍櫃，紅色與藍色，只是裡面裝的不是優格，是一劑一劑的試管，裝著半透明的液體。

幫我注射吧！

我打開門，拿出試管，看著裡頭的東西。

快！

我聽見了腳步聲，推開門的聲音，軍隊上來了。我看著森斯，他感覺很急。

這時，我突然有了一個想法。到底是為什麼呢？為了什麼這麼做。政府為了什麼？我們為了什麼？好好當一隻殭屍不好嗎？當殭屍有比當人好嗎？到頭來小蓮不都離開我了嗎？我先前是為了什麼而活？工作？愛情？我不太懂。我先前的生活沒有目標，每天就是等睡覺，每個月就是等領薪水，領到薪水就是存起來。

存起來是為了幹嘛？我變成殭屍就用不到那些錢了。

噢，所以變回人是為了可以回去花那些錢嗎？意義。

沒有。沒有意義。

成為殭屍的這幾天，是我人生最有目標的這幾天。難道我活著就是為了等死，等我死了之後才有活著的目標。這真是太沒有意義了。

嚴格說起來，當殭屍的我其實還是活著。我思故我在，我還在。所以話也不能這麼說。

當人比有當殭屍好嗎？我問森斯。

你在說啥鬼話？我想他是這樣回答的，但我沒有碰觸他，我只是這樣覺得。

我的人生就是一團糟。

我鬆開手的同時，軍隊撞開了門；試管摔破的同時，森斯的腦袋開了一個洞。他們宰了他。接下來要宰了我。

人生目標到底是什麼？我一邊想一邊衝過軍隊；我感覺右手連同右手臂脫離了。

我好像都沒有好好介紹過我自己。我叫艾方，在成為殭屍之前是政府太空研究中心的實習生，我的夢想就是成為一個太空漫遊者，有一個家庭，生兩個小孩，一個再也普通不過的都市人夢想。但很不幸，我成為了殭屍，成為殭屍後還戴了綠帽。我想殭屍應該不能上太空吧。

我的左手也脫離了。但我仍筆直的往前衝；我的正前方是扇大窗。子彈從我的身旁飛過，玻璃被打碎。

身體的部位如同太空梭般地逐漸分離，地面中心呼叫湯姆上校，地面中心呼叫湯姆上校。衝破大氣層，準備分離。倒數，十，九，八，七，五，四，三，二，一。

最後一顆子彈打中我的胸口，脖子上的釘針彈飛，縫線撕裂，我撞上了窗框，一個反作用力將我的身體往後彈，而另一個反作用力將我的頭彈飛。

探險者殭屍號成功分離。

四周景色變化得很快，我沒有看到人生走馬燈。但我還是很在意一件事。

小蓮接到的訊息也是去咬最重要的人嗎？

陷入黑暗。

第八章

「您好，歡迎收看晚間新聞，我是主播美樂蒂，現在為您播報大家最關注的北市殭屍風波專題。

……大家都沒有想過會是這樣的結局，看到結果後，全台的人都驚呆了！因為大量的殭屍在下城區生活，汙染了下城的水源，上城的居民為了節省資源，水源一向來自於下城的廢水回收再利用，但水利局的偷工減料導致水源淨化不完全，上城居民全感染了殭屍病毒，北市在一夜之間成為了殭屍之城。唯一倖免的，只有使用進口乾淨水源的市長一家。

……就在昨日，市長開記者會道歉，坦承殭屍病毒為官方所為，目的在控制市內人口，將所有的市民集中於上城區，因為下城區的都更計劃被釘子戶們一再拖延，所以才出此下策，利用恐懼跟病毒操作人口流動，破壞下城區後再重造。這大膽的舉動受到國際譴責，北市被全面封鎖，不進不出，市長也被免職，將接受公法審判。

目前聯合國正極力派遣科學家來台設法解決病毒問題，但由於研發病毒的設施以及相關人士都在上個月某次的大型殭屍暴動中被消滅，所以這項行動變得格外困難……」

不知道過了多少天，我的眼前仍舊一片黑。跳出窗外後，我的頭部與身體分離，掉到了一個黑暗的洞穴中，其實我也不知道這是哪。

人活著都會有目標，那麼一顆待在黑暗中的頭也該有目標嗎？殭屍不會死，代表我的腦會持續的運作下去，難道說我得等到哪一天這個洞被封住了才代表我的死去？

我其實也不明白那一天我之所以沒有將解藥交給森斯的原因，會是害怕嗎？害怕變回人類後會回到一事無成的人生，我已經失去小蓮了，對我來說就像失去了一切。假設我還是人類，我也會自殺吧。

假設森斯變回人類，他便無法跟我心電感應，我要是不殺死他，他一定會幫我注射解藥。我不想這麼做，雖然，他還是被我害死了，吧？

咚！一個重物猛然壓到我的頭上。

嗨。

……

是我，小蓮。

我知道，妳怎麼？

你不在的這段時間，外面改變了很多。但這都不重要了。
妳怎麼會在這？
我想你。
是嗎？那個蠢醫生呢？
他變成殭屍了。
我知道，是我殺了他。
我知道。
……
我不愛他。
那妳為什麼背叛我？
因為我很害怕，你讓我很沒安全感，你一天到晚都在工作，你一天到晚都說你想要成功，但你卻……
一事無成。
看不到我。
什麼意思？
或許，我就是你成功的地方呀。

小蓮的身體慢慢轉過來，我可以感覺到她的臉在我面前，但這裡黑得看不見。

我變成殭屍之後，才發現，我真的，真的很愛你。

怎麼說？

因為，當世上的一切都變得不重要後，我唯一思念的，是你。

小蓮的唇慢慢的接近，最後我們接吻，感覺很像她咬我的那一天；當我是人類時，她咬我。當我是殭屍時，她吻我。

或許這就是真愛吧。

藍色冷凍櫃裡裝著的可能根本不是解藥，只是普通的葡萄糖；你吃了藍色的優格，就選擇了待在這個愚蠢又被操控的世界。

我很慶幸小蓮當時選了紅色，她才能看清一切。

她是愛我的。

〈屍咬〉全文完

路燈女孩

CI09875

荒野中，我獨自望著那盞路燈；心想為什麼沙漠中會有路燈呢？

這趟沙漠之行是場意外之旅，但卻又跟哈比人那種不太一樣；畢竟沒有人給我選擇的餘地。

一、飛機

「歡迎搭乘中華航空，本班機由桃園國際機場飛往埃及開羅機場，中間會停留泰國曼谷機場轉機，請各位旅客享受這趟高空之旅。」

我是一位普通的商人，進口業，沐浴用品，主要是肥皂。說到埃及的肥皂，埃及可以算是肥皂的發源地吧；公元前三十一世紀，埃及法老荷爾阿哈不小心打翻了一鍋熱油到木炭堆裡，在他清理完去用水洗手後發現，手意外變得更乾淨了，於是他把這個資訊告訴他的御用大廚，從此肥皂的原型就誕生了。很神奇吧，剛開始可能不是一個有具體形狀的肥皂，是一鍋油，但是……

「不好意思，請各位旅客將座位右手邊的安全帶繫上，本機將遭遇亂流。機體震動晃動皆屬正常現象，請放心，勿大驚小怪。」

隱約感覺到空服員的廣播有點奇怪，但我也沒有其他選擇，當你搭乘飛機的同時，很遺憾，你便把自己的性命交給他人掌控，因為在飛機上你無能為力，任何一個小因素都會讓你死於非命；所以我只好繫上安全帶。

深吸了一口氣，等待。等待。等待。

呼。吐出一切，我可沒有辦法撐這麼久。通常接到亂流情報後，在我憋一口氣的時間就會結束，但這次，什麼鬼都沒有。真的什麼鬼都沒有。

「怎麼會沒有亂流啊？」

這是第一次，我在飛機上跟鄰坐的人講話，通常我都是坐在靠窗的位子，看著城市的燈光漸行漸遠，黑雲襲來的同時，睡意也到了；但今天我坐在靠走道的位子，而且剛剛在想著肥皂的事。

「不知道，可能他們看錯什麼讀數吧。」

「有可能，你好，我是黃頓德。」

這位老兄伸出了該死的手，我一點也不想認識他，尤其那對巨大的黑眼圈。

「我是保險經紀人，所以常飛來飛去；跨國行業。」

我還是不免抗拒地伸出了我的手。

「那你去埃及是觀光嗎？看金字塔對吧。」

「我也是去做生意。」

「我有去看過金字塔，其實蠻無聊的。對不起，你剛說什麼？」

「我在賣肥皂。」

「肥皂？現在還有人在用嗎？」

飛機的外部隱約傳來了什麼聲音，接著搖晃了一下；天殺的亂流終於來了，我生平第一次如此的感謝亂流。

「噢，真恐怖。」

這傢伙沒繫安全帶，剛剛差點摔死。座椅間也是有機會摔死的，不要小看死神，尤其是，現在航空公司為了增加座位搶業績，把座位間的距離偷偷的縮小了。

「這是我的名片，我們回台灣後也許可以連絡，去酒吧搭訕服務生之類的，像大叔一樣，哈哈。」

他的笑聲很機車，但這不是重點，重點是，當他說完的同時，緊急燈亮了起來，氧氣面罩掉下來時碰巧打掉了他手中的名片。

「呀呀。」

當他彎下腰試著去勾我腳下的名片時，我快速的把氧氣面罩帶上，橡膠鬆緊帶卡到我耳根後的幾根頭髮，有點痛。

我看向窗外，似乎看到了城市的亮光，還有煙霧。

果然，還是搭船吧。

二、衝鋒槍和狗

還記得小時後，我在溜滑梯上被一個比我大兩年級的人推下去，原因是他真的很想早點玩，好吧，還可以理解。

但落地後我的大拇指裂開了，流出非常多的血。很痛。那個孩子溜下來後朝我走過來，這時候我已經在哭了，他好像說了些什麼？我只記得哭聲；這段記憶一直非常模糊，很有可能是因為記憶中包含著淚水，不過，我剛剛卻想起了那孩子當時對我說的話。

對不起。我想他是這麼說的吧。

聽見一種奇怪的鳥叫，我睜開眼，陽光直射我的眼睛；我想大力的呼吸，感覺口中有些乾燥，突然有點噁心。

我吐出來的沙子大概有三百毫升；我們墜機了，機身從機頭四十五度角側面延伸約十公尺處裂成了兩半，看來應該是側身著地，機長真的很努力啊。

我站了起來，雙腳馬上陷入沙中，直至膝蓋；機頭跟機尾都在燃燒，我想是沒救了，沙漠不會下雨更不會有消防隊。

手機還在口袋，拿了出來，完全安好無事，真是沙漠奇蹟啊。開機後，果然沒訊號。

我在殘骸中找尋其他生還者，基本上我會確認每一個人的脈搏，要是這個人已經死了，我便翻開他們的隨身行李尋找可以用的東西；水、食物、行動電源、藥膏等等。

經過兩個小時，我蒐集了大約兩個行李袋的物資，還有一頂頭罩跟一把黑色鐵管衝鋒槍；沒有錯，衝鋒槍跟頭罩是在同一個人身上拿的。

沒有找到生還者。

我不太確定墜機的位置在哪裡，所以我需要手機訊號，據我搜括來的物資跟行動電源應該可以撐個三到四天。

火又燒得更大了，得趕緊離開。但我起步後沒多久一個慘叫聲把我給留住了。那是隻小狗，是一隻小黑狗；我把牠從殘骸中救出來後，牠便跟著我。在這種艱難的環境下，生物本能會告訴你要跟著有求生意志的人走。

我停下腳步，蹲下看著牠。牠笑著吐舌頭，我開了一瓶水給他喝。

「你知道我這樣會少活一天嗎？」

我知道跟狗說話很蠢，但事實上這個行為只是為了讓人類自己有溝通的感覺；人類習慣使用語言來當成溝通的橋梁，但狗並不是；這只是一個人類自得其樂的行為，僅此而已。

「你說說我該拿你怎麼辦？」

一直以來，我是個孤僻的人，最高紀錄是整整三個月沒有跟別人說話，連家人也不例外。看起來，這趟旅程裡我並不需要陪伴。

「嗚？」

小黑狗的眼睛裡像是有一個小宇宙，而鐵管衝鋒槍口的倒影便成了那宇宙中新生的黑洞。

三、托特

持續溯沙而行，尋找著訊號。我時不時會舉起手機，把手掌卡上眼睛與眉毛的交界處，看著左上方的小天線有沒有動靜。

落難的第一天眼看就要結束了，感覺氣溫逐漸變冷，夜晚的沙漠是很恐怖的。起初你會無法分辨沙的顏色，而後，完全的黑暗。

開了一瓶水，非常的熱，不過濕潤的感覺在經過喉嚨時我得到了滿足。我在遠方看見了一個綠點，可能是綠洲，或是海市蜃樓。腳步很自然地開始朝向綠點邁進，渴望著它能變大一點。

我們一天裡有大部分的時間都花在作白日夢上面，就像是我往綠點走的這段時間；到底為什麼要作白日夢呢？因為現實生活讓我們倦怠，並非感到無趣，而是疲倦；人的一生很長，假設你一個禮拜會發生兩到三件有趣的事好了，那麼剩下的時間呢？都是如同行屍走肉般地生活著，你認為你刷牙了，你認為你吃飯了，你認為你在打電動，你認為你在社交。

大部分的人都麻痺了對時間的感覺，所以才會說出：啊，一年真的好快就過了喔。這種感嘆的話。

這些倦怠導致了白日夢產生，胡思亂想如同對於平凡殘酷現實的麻醉劑。一個完善的社會體制包含了給人逃避的空間，這個道理等同於生活，我們活著就必須逃避；假若我們不停的面對，我們會更早死去。

這就是現代人得以生存的原因；白日夢。

沙漠從金黃色轉變為淺藍色，到了已經可以看見綠點全貌的距離；那並不是綠洲，只是一株仙人掌。

很難想像，這麼小一株我是怎麼可能從三四公里外的距離看到。

我將仙人掌的枝幹當作掛衣架，把行李袋掛上去，我脫下頭罩；現在我有點想那隻狗了。

又開了一瓶水，另外從行李袋中拿出了一面鏡子；沙漠裡的烈日把我眼睛周圍曬出了一個方框，活像是喝醉睡著的機械戰警被小朋友在他的面具上畫了兩隻很醜的眼睛。

感覺到了一些頭暈；把鏡子收回袋子裡，拿出一條毯子；米黃色，羊毛材質，我用毯子把自己包起來，夜晚的沙塵暴才不會將我掩埋。

習慣性的從口袋拿出手機，如同洗完澡飛撲到床上後做的第一件事就是無意識的滑手機。我把手機接上一個藍色的行動電源；震動了兩下，當視線正要轉向訊號格時，一聲鳥鳴將我的視線拉至了正前方。

我的頭探出毛毯。

那是一隻埃及朱鷺。從脖子到鳥喙都是黑色，純白的身體，黑色的尾巴，黑色的腳；托特的象徵。

我揉了揉眼睛，朱鷺是水鳥，並不會出現在沙漠中；仔細瞧，牠還在那，用那只黑色的眼睛盯著我。

只有兩種可能會在這裡看見埃及朱鷺；一，這附近有水源或綠洲。二，我剛喝的水有問題。

「嘿。」

有人叫我，我轉頭。

「是我啊。」

飛機上那個囉嗦的頓德蹲在我旁邊，手上拿著一根火柴；我盯著上面的火，好像永遠燒不完似的。

「你還活著？」

「很扯，是吧？竟然墜機了。」

「發生了什麼事？」

「恐怖份子啊。」

「你怎麼知道？」

「我在說你。」

他用火柴指著我肩上的衝鋒槍。我把衝鋒槍舉起來，這看起來是用一些散亂的零件組裝而成，印有食品成分的鐵管和像是圓桶梳的槍柄。

「要來點嗎？」

頓德用火柴點燃了一根捲菸，之後把火柴插入沙裡；火柴筆直地慢慢被沙子給吞噬，像一艘即將沉沒的船，最後真的沉默了。

四、存在主義

又醒來了。右邊胸口異常的疼。彷彿是有一艘火箭要從心臟射到月球的疼。

沙漠變回了金黃色，我低頭，差點以為我被沙給埋住了，原來是毯子的顏色；跟沙簡直是一模一樣。

我看了太陽的方向，影子的方向，風的方向；繼續往我認為是對的方向前進。我只是個一般人，沒有判斷方位的能力。

打從心底有一個想法；搞不好，我會因此就在沙漠之中迷失了也說不定，手機訊號是我唯一可能得救的方法；有時候又會想，搞不好我待在原地就會有救援隊來了，得救了。

我不是個能夠安於現狀的人；安於現狀使我焦慮。只是沒想過這會是我死的原因。

開了一瓶水，藍色行動電源的訊號燈暗去，我隨手丟棄；這很有可能是人們會在奇怪的地方撿到隨身碟的原因。

我們的肥皂大部份都是直接通過海運送來台灣的工廠，經過包裝後再送到百貨公司等有專櫃的地方去賣，基本上，我本人是不太需要去埃及工廠看的。這次會來，是因為他們前幾天用視訊告訴我，他們發明了一種新配方的肥皂，據說是有人成功解碼了一篇某法老王庸醫的古文獻；那是一種神奇肥皂的製法，聽說可以治病並且預防罕見的鼠疫。

我說，很好啊，寄個試用品過來台灣的公司讓我們看看；他們說，他們用過後有部分的人引發了一些詭異的副作用；我說，那你拿半成品跟我講幹嘛？是不是用錯了成份，畢竟是古文獻啊。他們說，希望我能親自過來看看；我說，看副作用嗎？是的。那幹嘛不傳照片。

接下來的事就怪了，他們好像很害怕似的告訴我，不能拍照，不能拍照。我一開始說，算了吧，既然有危險就不要賣就好了。但你知道他們說什麼嗎？他們說這個肥皂的製作方法跟以往不同，所以生產線停擺了，不知道該怎麼辦。一定要我過去幫忙解決。

於是我坐上了飛機。

交通工具的發展讓商隊文化轉變成了另一個模式，無非不得已或交易內容不平凡，不會有人使用駱駝商隊；這也讓我少了一個得救的因子。

高舉手機，繞著圓，很愚蠢的尋找著訊號；高科技不是應該拯救水深火熱的人類嗎？為什麼我需要被拯救時一點用處都沒有呢！

「啊啊啊啊啊啊啊啊啊啊啊啊啊啊啊啊啊啊啊啊啊啊啊啊！」

發自內心的吶喊，一不留神將手機用力拋了出去。此時此刻，我真心的放棄了。

嗡嗡。

「……」

嗡嗡。

聽起來像是手機的震動聲，就在落地後不久發出的。很有可能是幻聽，經常拿著手機的人都會有這種病，幽靈幻聽症候群。

我呆滯的看著在前方不遠處的手機，身體姿勢停留在拋出手機後一邊大叫的姿勢上。

「你不去看看是誰嗎？」

他又出現了，還在抽著昨晚的那根菸，我也不清楚為啥我會知道還是那根菸。

「為什麼你還活著啊。」

我挺直腰桿。太陽非常的強烈，這時我才想起，我把頭罩留在仙人掌上了。一個帶著頭罩的仙人掌。

嗡嗡。

又響了一聲。

連續這麼多聲我想一定是真的。我拔起腿，用最快的速度跑向手機；快跑讓沙子陷進我的皮鞋跟褲管裡。

我遮住眼前的陽光，拿起手機，想看清楚是為什麼而震動。

是幾個來自社群軟體的訊息，傳送者是一個我不怎麼認識的女孩；因為有一些大學的共同好友而互加好友；我記得之前傳訊息給她好像是因為一些無聊的連鎖訊息。

「？」

「這啥？」

我滑開。

「不是什麼重要的東西，已經過期了。」

我關掉了訊息軟體，看向訊號格。一格。

差點尖叫出來。太好了！我有救了！

就是在這個時候，我看到了那盞路燈。一盞黑色的路燈，葡萄牙公園的藝術路燈造型，五邊形的燈罩，從燈桿往左延伸出新藝術花草風格雕花吊著燈頭；看起來就像一個低著頭看你的高個子，說著：嘿，你在做什麼呢？

手機又震動了一下。

五、路燈

曾經有人告訴過我一個故事；如果你在森林裡看見梯子，不要走上去，曾經有個人好奇爬上樓梯，結果被砍成了兩半。

一個物件獨立出現在一個不可能出現的地方，即表示那是陷阱；如同捕獸夾上的肉，或電話亭裡的一千萬元現金，只不過森林裡的梯子是另一種陷阱，會這麼說是因為它們本質上的差別，一個是運用物質需求的慾望來勾引獵物，另一個使用好奇心。好奇心會帶來危險是因為，孤身一人時看見錢或貴重的物質時會心存懷疑，這是頭腦的一種自我保護裝置，但好奇心呢？

它會告訴你：去吧。你不想知道是怎麼回事嗎？

我眼前的這盞路燈就是這般的存在。沙漠裡為什麼會有路燈呢？

在這古典的路燈旁有一個變電箱，上面塗滿了森林與小溪的風景油畫。在破壞自然的東西上畫滿自然的風景，這是愚蠢的政府最會做的事。

不過也行行好，這裡是沙漠啊。到底為什麼，沙漠裡會有路燈跟變電箱？

嗡嗡。手機又震動了一下，我拿出來看，是剛剛那位女孩。

「哈哈哈哈，什麼啊。」

「你以前跟我同一所大學嗎？」

「嗯，對啊。妳也是搖滾音樂研究社的嗎？」

我的嘴角不禁上揚；訊號又變得更強了，現在我可以合理的懷疑訊號是從這裡發出來的。

我繞著路燈與變電箱，看看能不能找到任何接近無線發射器的東西，通常公家機關都會在它們的擁有物上面的某個角落標上連絡資訊跟機關名稱。一來我可以確認自己到底在哪一國的境內，二來也知道該找誰幫忙。

只可惜，門兒都沒有。

我還以為海市蜃樓只會出現在不遠的遠方，讓你一直在追尋著，卻永遠也到不了。

拿起手機，訊號有四格。這麼強的訊號到底是怎麼來的呢？

嗡嗡。

「對啊，久了蠻懷念那裡的。」

我不太知道該回些什麼，而且回太快感覺會顯得有點孤單，不是嗎？我先把訊息軟體滑掉，打開了網路地圖，上面顯示搜尋中，看來網速並沒有很給力。

我把手機先放在變電箱上；這變電箱不高。大約只到我的腰與大腿交界處，而且不知道是什麼材質做的，在這種烈日下，摸起來卻一點也不熱。

我將皮鞋內滿滿的沙子抖出，脫下襪子，用腳底板的皮膚觸碰灼熱的沙子；好久沒有這種感覺，有種自由，不用坐在辦公室裡聽電話，不用趕著大眾運輸工具，更沒有任何的社會責任。

「在做什麼呢？」

「在沙漠裡休息。」

「哈哈，很酷呢。」

終於，網路地圖出來了。

上面顯示，我正在沙烏地阿拉伯的境內，還算過得去；至少不是在伊拉克，阿拉伯商人的比例應該是比恐怖份子多一點吧。

是時候連絡埃及的公司了，把我的座標位置傳給他們，好讓他們找救援隊或什麼的。

電話另一頭傳來很潮的歐洲電子樂，有迴響貝斯的那種；我靠著變電箱坐下，開了一瓶水，有人接起。

「平安，托特肥皂公司總機。」

「平安，請幫我轉賽涅德．拉赫曼．沙特。」

「好的，請問是哪位？」
「台灣公司的汪先生。」
「……請稍等，願阿拉祝福您。」
電子樂再次響起，我的頭不自覺跟著晃動了起來；這個時候如果再來一瓶啤酒就可以辦有機派對了。
「汪先生，您要來了嗎？」
「我墜機了。」
「……墜機？」
「昨天還是前天吧，不知道我昏倒了多久。新聞有報嗎？」
「我不看新聞的，汪先生，阿拉保佑。所以，你現在在哪？」
「沙漠之中，應該在阿拉伯境內，你有辦法找人來接我嗎？我會把我的位置用電子郵件傳給你。」
「電子郵件？沙漠裡有訊號嗎？」
「我發現了一個路燈。」
「路燈，我的阿拉。」
「應該是某種基地台吧？可能供應給附近的石油工廠用的我猜，有男人的地方就需要免費A片。」

「汪先生。你的用詞。」

「所以你們那邊的狀況還好嗎？」

我感覺到電話那頭傳來了一些細碎的聲音，還有阿拉伯文的吼叫，基本上我對阿拉伯文一竅不通，只知道肥皂叫做「صابون」，唸起來像是「薩敦」；平常我們都是用很爛的英文溝通。

「汪先生。我們會去救你。阿拉保佑。請發給我們你的座標。」

「阿拉保佑。」

我掛掉電話，用了一個可以搜尋經緯度的手機程式找出我現在的位置，轉貼到郵件上寄給沙特。

「唉。」

不自覺的嘆了口氣，沒有頭罩，現在整個臉一定都曬傷了，我把剛剛那瓶喝剩的水澆在我的臉上，果然有點痛。

手機震動了一下，我拿起來看，沒有新訊息，是電池即將耗盡的警告；也是，剛剛上一句是她傳的，現在應該換我傳了。

我從袋子裡拿出另一個行動電源，接上。

突然感覺到一道光灑在我的週圍；沒注意到天色已經變暗。

路燈亮了起來。

六、今天星期幾

從手機裡選了一張阿道夫的照片傳給了她，有些人總是說，當你不知道要聊什麼的時候，分享自己喜歡的音樂或是寵物的照片最能夠打破僵局。

阿道夫是我養的貓，名字會這麼取不是因為我是納粹，是因為牠是納粹；這隻貓的鼻子前有一道黑黑的長方型斑紋，正面看起來就像是希特勒的鬍子。

「好可愛！」

果然過沒多久，女孩傳了一個音樂網站的連結給我。是一首日本搖滾，我平常不太聽日本搖滾，搭飛機的時候習慣聽著一些歐洲的獨立樂團搭配著窗外景色。

「我想你應該會喜歡。」

此時此刻，廣大的沙洲中，只有我和這盞路燈；抒情的搖滾音樂從手機喇叭播送出來，旋律中的每個和絃組成都完完全全地被沙漠給吸了進去；有了音樂的襯托我才知道沙漠的夜是如此寧靜。

一種整個沙漠都是歸我所有的錯覺。

「還蠻不錯的。」

我回貼了一個歐洲龐克獨立樂團的歌曲給她。啊，這時候要是有根菸就不錯了。

「所以，這趟旅程對你來說怎麼樣？」

馬上聞到了捲菸的味道，蘋果香。頓德把手上的菸遞給我，我接過；吸了一口後，身體慵懶的往下沉了三公分。

「意外中的短。」

「那是因為你有一半以上的時間都不是清醒的。」

愣了幾秒鐘，因為我不懂這句話的含意；我拿起了手機，待機畫面裡的時間是十一月十四日星期五，是我搭上飛機的隔天；不知是定位系統還是摔到的問題，小時跟分鐘之間的兩點並沒在閃爍，到底是停了，還是他從來都沒閃過，我不知道；對我來說它在閃就表示秒數有在前進。

「好聽。」

她的訊息傳過來。

「我問一下，今天星期幾？」
「哈哈，這什麼問題啊？你在嗨嗎？」
「可能吧。」
「好啦，今天星期五。」
我看向頓德，但他已經不見了，手中的菸也剛好抽完。
「那麼今天幾號？」
「十一月二十一號。」
「酷。」
我發呆著看著前方，我的日子遺失了六天，不記得發生什麼事，人有可能昏迷這麼久後突然醒來嗎？而且墜機後沒有受傷的機率到底有多小？
「怎麼了？」
「沒事，聊到哪了？」
「嗯，你貼了一首歌，我覺得還可以。」
「不完全是妳喜歡的類型？」
「也不是這麼說，只是有的時候，聽到某些音樂你並不會覺得好，就算你真的覺得很好聽。」

「是，我喜歡妳的觀點；對我來說，音樂跟體內的節奏息息相關，人的心跳被設計成會跟著節拍的頻率跳動是有原因的。」

「謝謝，我隨便講的啦。」

「哪裡，我也是隨便講的。」

訊息聊天有的時候很難猜到這個人的態度，因為文字是一種沒有語氣的東西，也是一個完全可以矇騙語氣的東西；你可以在字尾加上一些符號，或是語助詞，可以讓整句話看起來更活潑或是友善。

不過，我心裡在想，她可能是笑著的吧。應該會很美麗。

神奇的一件事，當你身在一個完全陌生的環境，不帶敵意的陌生人有時也變得比親近的人更可依靠。

「沙漠好玩嗎？」

「蠻多奇怪的事。」

「比如說？」

「有些海市蜃樓看起來太過真實，讓我常常搞混。」

「海市蜃樓本來就是真的呀，因為它們是一種光學現象，是經由真實的物件折射而成的；所以說它們本身就是真實的，只不過它們不在那兒而已。」

「噢，聰明；這樣解釋我就懂了。」

「哈哈，好說好說。」

真實的嗎？感覺到一點疲累，這點倒是比眼前的景象真實許多。

「所以說，還開心嗎？」

「嗯，能跟可愛的女孩聊天能不開心嗎？」

我承認，這麼說有點太老派了。

「這麼會說話。」

「好說好說。」

「我有點想睡了，之後有時間再聊吧。You made my day。」

「晚安。」

其實我不太懂「You made my day」這句話的確切意思是什麼，原本想上網查一查的，但有可能是太累的關係，我不知不覺就睡著了。

裹著毛毯，靠著變電箱，路燈的光；這一切都讓沙漠不再像沙漠。

七、副作用

要說最懷念的東西是什麼，那應該就是冷氣了；在有冷氣吹的房間裡，坐在鬆軟的沙發上，一旁的茶几上放著一個專滿沙子的玻璃箱，幾隻黑色的大蠍子在裡頭爬來爬去。

我換上了乾淨的衣服，當然也洗過澡。經過教化後的人類只習慣乾淨的環境，這就是為什麼我們還需要肥皂。

兩個阿努比斯神像之間的門被打開，沙特走了出來。

「汪先生，阿拉保佑。」

「平安。」

我們互相行了禮；就在這時我有了一個想法，搞不好我已經在沙漠中死了，現在都是夢。我將永遠活在夢中。

「汪先生，我想請教你，請問你搭乘的飛機班號是？我們必須向政府單位回報；他們似乎沒有任何關於飛機墜毀的消息。」

我用手機看了機票的照片，當時要出國時還打卡分享了這張照片。

「CI09875。」

沙特看了看照片，表情有些疑惑。

「怎麼了？」

「我接到你的電話後請助手幫我調了最近一個禮拜飛埃及的航班，我想我對這個機號有印象。」

「沒抵達對吧。」

「不……這班機早在上禮拜就飛到開羅了。」

我們兩個都沉默了。有可能走錯起飛閘口還讓我上去飛機嗎？

「聽說他們找到你時你身上還背著一把槍？」

「對，我撿到的。」

「等會兒可能會有政府單位的人來找你。」

「那就這樣吧。」

沙特聳肩，示意我跟著他走。

我們來到肥皂的製造廠，果然，沒有半個工人，機器處於停擺的狀態；沙特不理會我對此事的反應，他繼續帶著我向前走。

離開了工廠，到了一個地下室，他拿著一個大鑰匙轉開門鎖，我可以感覺到門後的濕氣急著要竄出來。

門後是一個大房間，裡頭半個人都沒有。

「請看，汪先生。」

沙特指著地板，但這裡沒有真正的地板，只是名義上的地板，由泥巴組成的。恐怖的是，沙特手指的方向憑空出現了腳印，但沒有腳。

「我覺得，這是法老的詛咒。」

腳印向我靠近，但我抬起頭後，沒有半個人站在我的面前。

「他們消失了，他們既存在，也不存在。」

「就像海市蜃樓。」

「對。海市蜃樓。」

用過新肥皂的人都變成了透明人，天殺的我怎麼可能解決這個問題。

「他們現在是裸體的嗎？」

不知為何，我竟然問了這種問題。

「他們沒有辦法穿衣服，因為他們看不見自己的手腳，同時他們也無法說話，因為他們不知道自己的嘴巴在哪。」

我有點嚇壞了。這已經超越了我可以理解的事；他們就像是已經被遺忘的東西，你已無法理解，也無法再想起。

「那你們一開始是怎麼發現的？」
「他們還能夠寫字。」
「怎麼寫？」
「我也不知道，沒人看過，他們總是留紙條。就像朋友在你家過夜，早上醒來發現他不見了，只剩下一張紙條，那樣的感覺。」
不願讓別人看到。這個副作用表現的像是，它不想讓別人看到一樣的；如果這麼不想讓別人看到的話，又是怎麼出現的呢？
「汪先生，怎麼辦？」
我搖搖頭。如果你自己都不願改變，有誰能救得了你呢？
「只能等他們自己出現了吧。」

八、既視感

我眼前的這個男人是個拉丁人，土棕色的皮膚，長的就像是一個有鼻子的人面獅身。

到肥皂工廠後沒過多久這個男人便帶著十幾位警察把我架走，現在，我在一間灰色的小房間裡，沒有桌子，沒有椅子，只有一根鐵管，而我的左手被銬在鐵管上。

他說他叫泰瑞，是國防部的人。

「汪先生，我們已經連絡當地台灣大使館的人，要他去通知你們政府，將你給領回去。」

我點頭，心想事情絕對沒這麼簡單。

「但是，你也有可能在我們送你去機場的路上被恐怖份子突襲，胸口中了三發子彈，失血過多而死。」

泰瑞露齒而笑，他的門牙上有一個小缺角，我看見了；此刻，一股很強的既視感湧上。

好痛，我的頭被打了一下，我感覺到有血從頭皮冒出。

「事實上，你的政府沒有那麼在乎你；一個有精神病史的國民，不要也罷。」

我不可置信的看著他，好強烈的既視感啊，就好像我已經認識這個人好幾十年了。如此似曾相識。

「不用感到驚訝，汪先生；沒有錯，我們曾做過你的背景調查。」

我大口吸氣，心跳變快，既視感有可能持續這麼長的時間嗎？我低下頭看著他的皮鞋，我認得這雙鞋子。

「為什麼？因為我們跟你的國家不一樣，我在乎你；因為你是個天才！」

我就像一個預言者，一個先知，我知道任何接下來即將發生的事。

泰瑞會拿出一塊紅色的肥皂，擺在我面前，沒有桌子，所以他會用手拿著，然後說：

「因為你做了這個了不起的東西，我知道那家肥皂工廠是台灣公司來設廠，而你就是那間公司的老闆。所以說這塊肥皂，是屬於你的。」

我幾乎以慢他一個字的速度跟著泰瑞唸完這一整句話，一字不漏。泰瑞看著我，彷彿一時之間不知道要說什麼。

「我想他有病，先生。」

站在我旁邊的一位阿拉伯人說話，我想他就是打我的那個人。泰瑞嘆了口氣。

「這就是你將活下來的原因，汪先生；隱形肥皂。」

泰瑞很快把肥皂收起來，換成了一份文件。

「請你在這份文件上簽字，將肥皂工廠以及這個產品的所有權轉讓給我們，你便可以安全地回去你來的地方。」

「那托特肥皂怎麼辦？」

他搖搖頭，從口袋拿出手機，邊笑邊滑；看著他在滑手機，讓我想起了那女孩，但我摸了口袋，手機被他們給拿走了。

泰瑞把手機螢幕轉向我；我終於知道他為什麼要拿手機了，那是一張照片，關於沙特的死亡。

「我相信你會想到辦法解決那些即將失業的員工們。」

我別過頭，那個尺度的畫面我無法接受；我接過文件，因為沒有桌子，起初我想蹲下，但手銬跟鐵管似乎限制了我的行動，所以我只好把文件貼在牆上簽字。

「祝你返鄉愉快。」

他拿走了文件，接著我的世界又變得一片黑。

既視感消失了，好像我從來沒來過這個房間一樣。

九、杜埃

一切都是那樣的熟悉。台灣的街道，不給予你關注的人類；自己一直都不是那麼會交友的人，而在嘗試的過程中，犯的錯往往比做的對的時刻多。

手裡拿著一瓶冰的台灣啤酒；還記得剛認識沙特的時候，他跟我說台啤最好喝，但他現在應該已經成為沙漠的一部分了吧。事情變化的速度是腦袋永遠趕不上的；也可以說是一種概念，你的思緒永遠都跟在變化的後面跑，沒有什麼機會能夠帶領變化。

就在這個時候，我想起了那盞路燈。

埃及神話裡有一個概念，就做杜埃，杜埃的意思是死後的世界，也有人把杜埃看作救世的淨土；當然，在法國，有個小鎮就叫做杜埃。

我在想，那天我所看到的是否就是杜埃，那盞路燈可能就是通往淨土的入口？

「哈哈。」

不知覺的笑了出來。覺得自己很蠢。這很重要嗎？這不重要。

就在這個時候，我想起了那隻小黑狗。

最後我並沒有勇氣扣下扳機；我是個連陷入絕望都無法放棄掙扎的人，因為感到恐懼，所以繼續往前，那種懼怕的心情就如同我的原動力；因為害怕，所以我拿了別人的行李，因為害怕，所以我打開了每一瓶水，我不敢任由自己孤單的死在沙漠之中。

突然，小黑狗出現了。牠告訴我，你不是孤單的，我也與你同在這一個空間裡，所以，讓我們成為朋友吧，讓我們一起努力吧。

但，犯賤的我沒有辦法；當擁抱與溫暖來襲時我卻將他們關在門外，我也不知道我是怎麼了；其實活不活下去，資源夠不夠都不是重點。

當我看著小黑狗的眼睛時，我知道，牠值得更好的，我沒有資格接受牠的溫暖，所以我留下了一些食物在牠的身邊之後，離開了。

而現在我又在擔心，不知牠能否逃過死神；這到底又是什麼呢？

嗡嗡。手機震動了兩下。

就在這個時候，我想起了那位女孩。

要不是她，我不會發現訊號源，也不會發現路燈。或許也可以說是，她救了我一命。

這麼想應該是有點誇張。過了蠻多天，她也沒有再傳訊息給我。

看著手機發呆了一陣子，開始感受到酒精的威力了；公司在回來之後便宣佈倒閉，現在公司的鐵門前應該有不少人在舉牌抗議，昨天牆上還被用紅漆噴上了「捲款潛逃」四個大字。

「呵呵。」

想到這裡，又不爭氣的笑了。

到底什麼是重新開始，經過了差點死亡的劫難後，應該就是重新開始了吧。令人好奇的是，一個人究竟能重新開始幾次呢？

一般來說，路燈隨處可見，雜亂的電線纏繞著，被貼滿了廣告，以及尋人啟示；一般人會覺得路燈很髒，很醜；但，若這是對於一個走在黑夜裡的人，一個渴望尋找到失去的羈絆，不停張貼廣告紙的人，何嘗不是一種寄託？

思考著到底該不該這麼做，重新開始。或者，再回到那沙漠裡；我想你我都清楚，這次我可能不會發現路燈了，訊號了。

想太多了，真的想太多。可能是酒精的關係。

一切都會沒事的。

最後，我還是傳了訊息給那女孩。

「嗨，最近在忙什麼呢？」

不管過去多久，我永遠都無法忘記那黃色燈光透過玻璃灑在細沙上的樣子。閃閃發光的，是那樣的美麗。

過了一陣子，她沒有回覆。

「當作我沒有再傳訊息給妳吧，喝多了。」

「你不能夠如此。」

〈路燈女孩〉全文完

假塑膠花

一、塑膠樹

你有沒有過一種經驗？發現伴侶的親人過世，但無法告訴他。可能他當時心情正好，不想要給他太大的衝擊；或者，是你殺了他的父親。

事情是這樣子的，今天晚上，她到男友的家，準備與他和他的家人共進晚餐，都是因為昨天傍晚在海邊發生的事而起；他很難得帶她到海邊去，平常他是個宅男，他們的活動除了做愛之外就是桌遊，那是她唯一能夠接受的活動，可以鍛鍊想像力。

她不喜歡電視遊樂器，小螢幕裡被創造了太多東西，你的大腦會在玩電動時停止想像，唯一的思考只剩下如何觸動那些類比按鈕，讓你破關；可想而知，比起電影她更喜歡小說。

除了宅之外，她的男友也是個無聊的人，會說他無聊不是因為他煙酒不沾，他抽菸又喝酒；無聊的是他的思想。

總是政治，或是藝術，天殺的人生不能有一點樂趣嗎？政治跟藝術根本是這星球上最無聊的東西。因為它們都是假的，被操控的。

藝術也是，因為資本主義，藝術家都想賺錢，而不想賺錢的藝術家是因為他們很有錢，或是他們不必為生活煩惱。

總而言之，資本主義毀了價值觀，也毀了她男友。

因為資本主義，他在海邊跟她求婚了，因為資本主義，她無法拒絕。

資本主義創造了供應與需求，創造了佔有，因為有需求就需要更多的供應，沒有了供應就會害怕失去，因而有了佔有；所以他求婚。

他想要佔有她，婚姻是一種佔有，婚姻伴隨著社會期待，一夫一妻制，財產共有，責任分擔；你會問，這些都是可以選擇的吧？

在電台司令的一首歌，〈塑膠假樹〉裡的歌詞寫道：

一個綠色塑膠澆水器，澆著一株中國製的塑膠假樹，在這片虛偽的世界上。

她向一個橡膠工廠裡的男人買下，在這虛偽的城市裡，我們已厭倦了自己。

這讓她感到精疲力盡，感到精疲力盡。

我們需要假花是因為真花不夠完美，它不能夠無時無刻開啓；我們需要結婚，因為我們不能夠確認他無時無刻愛著自己。

資本主義伴隨著佔有，佔有伴隨著確認，由於時時刻刻我們都需要確認，所以我們別無選擇。

社會期待就是確認，確認你是不是一個可以有資格自由生存的人。

為什麼我們的自由需要被認可，那還是自由嗎？

我們沒有自由意志，沒有什麼是無中生有。

她不想要結婚，結婚便間接承認了她沒有自由意志。

跟男友和他的家人約了晚上六點吃飯，因為要告訴他的家人訂婚的事。但問題就出在這，她並不想結婚，又不敢直接跟他開口，該怎麼說？我很愛你，只是不想結婚。

要是拒絕他，會被覺得她不愛他吧？

剛到他家時，他的父親坐在客廳裡，沒幹啥，母親呢？早在兩年前去世，那時他們分了第二次手，因為喪禮相遇，那天他們做愛，是出自於安慰，但隔天卻又復合了。

她愛他，會分手是因為她恨他。她愛他又恨他。怎麼？很怪嗎？

回到客廳；她跟他的父親打過招呼，並沒有得到回應，因為阿茲海默症的關係；有阿茲海默症，他還是堅持要跟他說訂婚的事，這讓她壓力好大。

於是她想到了一個點子，要是男友的父親在這個時候病發去世，結婚的事應該會緩一緩吧？

況且殺了一個被大腦纖維狀類澱粉蛋白質斑塊沉積所苦的人，不是脫離苦海嗎？

二、啟示錄

末日近了。

還記得某天耶穌在電線杆上看見這個標語，當時他不以為然；直到一台打滑的貨車撞上了電線杆，杆子從底部往上算約十公分處斷裂，當標語離耶穌的臉越來越近的同時，他才深刻體會到這個標語的用意。

耶穌在加護病房住了三天，離開醫院後取而代之的是一輩子當個科技先驅，輪椅。

他再也無法走路了。他以前最喜歡打籃球，其實耶穌有考慮過要當個輪椅籃球手，不過為什麼他沒有去做？只因為想要廢。他什麼事都不用做就可以有錢。開庭過後，除了貨車司機要給他大筆贍養金，電力公司偷工減料的懲罰除了讓他家再也不用付電費外，每個禮拜，沒錯，每個禮拜日早上還要匯給耶穌一筆賠償金，雖然數目不大，但積少成多嘛。

就這樣廢了一個多月，耶穌開始無聊了，他推著輪椅出門，在住宅區附近的街道瞎混；他很驚訝的發現，「末日近了」這個標語變多了。

他開始追蹤這些標語，好像有一股無形的力量在帶領著他，去尋找一種說不出來的感覺。

不知不覺，他離開了住宅區，不知不覺，他離開了城鎮，不知不覺，他手沒有力氣再推下去。

還記得那一天很熱，耶穌一個人在郊外的省道上，可能是往東部吧，因為海在他的左方。

他解開綁在腰上的安全帶，讓整個身體摔到地上；抬起頭，前方的注意落石標誌上貼著大大的標語，「末日近了」。

耶穌用盡全身的力氣往前爬，想要爬離這個標誌，很可惜，一陣天搖地動，耶穌聽見後方傳來落石滾動的聲音，他絕望的閉上眼。

別鬧了啊。他這樣想。

大約兩秒後，他睜開眼，側過身。還是忍不住往後看了。

真是鬆了一口氣啊。落石只打斷了標語，他沒事。

不，怎麼可能放過你呢？你可是耶穌啊。

一台車轉彎過快，駕駛在看到耶穌的輪椅時已經來不及了；車撞上輪椅後失控旋轉兩圈，撞上山壁，神秘的機率概論下，車子的輪胎與落石夾擊了注意落石標語，斷掉的標語飛了出去。

再一次，末日近了。

敲敲打打，敲敲打打。

耶穌在一間潮濕又黑暗的房間裡醒來，模糊的視線隱隱約約看到一個人影坐在一團橘光的前面發出敲打聲。

「我感覺得到你。」

那人開口，聲音很溫柔，就像溫暖的陽光。他遞給耶穌一碗湯，他很快的喝下，很苦，很難喝，但瞬間他回復了精神。

視線清楚的世界，這間房間裡貼滿了「末日近了」的標語，大大小小，不同尺寸，不同字體的都有。

原來，耶穌終於來到了大本營。

「拯救我吧。」

耶穌看不清楚他的樣子。

「拯救我吧。」

他又說了一次，耶穌想開口告訴他，我不能拯救你，況且，我他媽是怎麼來到這裡的？

可是耶穌說不出話，他開始頭暈，想吐。噢不，是那碗湯。

男人轉身從橘色光芒裡取出一把燒得通紅的砍刀，他按住耶穌的胸從他的肋骨間刺了進去。

咖搭。

但耶穌沒有痛苦，他的眼前反而出現了很多萬花筒狀的殘像，一隻犀牛跑向一隻河馬，然後牠們開始做愛。

耶穌笑著，小精靈從萬花筒裡跑出，親吻著耶穌的臉頰，修剪他的鬍子。

他在耶穌側胸開了個洞，伸手進去拉出了一顆腎。他把腎放進一個冷凍箱裡，再用一張寫著末日近了的標語貼紙封住。

就這樣，耶穌笑著看向天花板，貼著滿滿的末日近了。慢慢地靠近，慢慢地靠近。

再一次，末日近了。

三、史坦利先生

是從什麼時候開始，到外太空再也不酷了呢？

我躺在一張純白的病床上，從六歲開始就再也沒有下來過，我具有先天性腎衰竭，多虧現代社會的科技與進步，我的腰間被安裝了一個維持器，這個東西能夠代替衰竭的腎做一些它應該要做的工作。

但這東西要二十四小時供電，這並不是電池與充電能夠解決的事，因為它足足有一個沙發大，所以我根本不可能帶著機械腎到處走。

一個躺在床上，身旁有巨大機器的傢伙；這就是我當時的樣子。

說說我的童年吧。

你會看到一個都市住宅區中央的公園，公園裡頭有一個像是山洞的攀爬遊戲區，遊戲區前有一個沙堆，沙堆裡被堆起了一個三角形，並具有翅膀的東西，那是我的創舉：「探勘者史坦利庫伯利克」。

這名字取自於我在一部電影片尾裡看到的名字，那是一部關於起源與太空的電影，從看見電影裡頭描述太空的畫面開始，我便立志成為一名宇航員。

心想，總有一天我要親眼見見，宇宙是不是跟電影裡頭一樣美麗。

好，你現在看見我了；對，沒錯，就是那個把魚缸戴在頭上的孩子，山洞區是我到達中央公園星球後發現的居住區。裡頭很神奇地存在著氧氣，我懷疑是那個長著白花，卻有黑刺的太空植物所製造出來的。

我手裡拿著的灰色棒狀物叫做探測棒ＥＸ，它戳中任何東西都會發光，紅光代表危險，藍光代表和平。

也差不多是該去探索的時間了，我浮步離開洞窟；氧氣罩準備就緒。因為我呼吸時他表面會浮出一層白白的氣，那是我呼出的二氧化碳碰到冰冷的星球大氣導致。

來到居住區出口，突然，一隻深灰色的腳出現在洞口；會是總部派來支援的同伴，還是中央公園新生物？

由於他伴隨著一種燃燒的味道，我用探測棒戳了一下那隻腳。

藍色。

「你在探測我是吧。」

我探頭，白霧遮去我的視線。老先生用手熄掉了燃燒的物質，他可能有對於火焰的抗性。

「宇宙對你來說是什麼呢？」

我拿掉氧氣罩，因為老先生創造出一種運輸氧氣的能量場，我不再需要那個面罩。

「我想當太空人。」

老先生蹲下來，從口袋拿出一顆黑色的石頭給我。

「這是從太空來的石頭喔，拿著它，你就能夠成為太空人了。」

我小心地拿著那顆石頭，陽光的照射下，它似乎散發著綠光。

「生日快樂。」

遇見史坦利先生的那一天，剛好是我的六歲生日。

四、漫遊

鼠尾草，一種拿來驅魔的植物。

「惡魔在我的身體裡。」

他是這麼說的；所以他將鼠尾草跟青蘋果口味的菸草捲在一起，全部都吸入心裡，但據說惡魔也對此上了癮，更而離不開他。

「至少不會作怪。」

他笑笑，把菸屁股丟進只剩下一口的咖啡裡。

史坦利打從六歲起就被鬼跟；他生在一個富裕的家庭，富裕是因為父母都要工作，然後沒有請保母。他從小就習慣一個人待在那個小小的公寓四樓房間裡。

他待在房間裡也不是閒著。史坦利總是看著那個父母為了打發他而跟親戚買來的二手天文望遠鏡，不管是白天還是黑夜，史坦利總是能在天空中發現新玩意兒。

有一天，他看見了一根黑色的柱體漂浮在半空中，而那天是他第一次遇見太空人。

這樣說可能容易引起誤會，應該說是太空人的靈魂。

麥哥，一個太空人靈魂。他沒有戴頭盔，史坦利心想那應該是他死亡的原因，但當時他懂得並不多。

那天下午，黑色柱體開始分裂，然後重生，慢慢變大，四周出現紫色的線，史坦利看得目不轉睛。

直到麥哥在他的身後大吼。

「啊啊啊！」

「你看得到我？」

史坦利看著麥哥，大家第一次看到鬼都是同一個反應，昏倒。對，昏倒。

史坦利先生一頭栽進那盤生菜沙拉裡，千島醬飛的他滿臉都是，早知道點和風了。

坐在他對面的電影編劇一頭霧水，有誰會在說自己的童年經驗混雜垃圾話時突然昏倒啊。

百分之九十是因為鼠尾草吧，編劇這樣想著。感覺可以用在另一部電影裡。

這就是編劇的壞習慣，什麼都可以用在電影裡；到底有什麼好用的，都是偷別人的人生，一個坐捷運時偷偷觀察陌生人再自己加上腦補的故事，不然就是加油添醋的人生經驗，這些都不是真的。

別人的故事也不用是真的，因為在大螢幕上的東西，除非你真的爛的徹底，否則大家都會買單的。就像流行樂，或是時尚。

人人都喜歡的電音節奏，加上外太空的幽靈。編劇的頭腦處理出了這樣的一個資訊，就在史坦利先生倒下後不過三秒。

接著就是一些老套的劇情，有人尖叫啊，報警啊，救護車來了啊，簡單的口頭詢問啊。之類的。

或者是進化的歷史，在時空中漫遊，過去與未來的交錯，甚至是一個巨大的生命能量正俯視著全世界。

「如果那天我沒有昏倒，就不會有那一部關於太空的電影。」

史坦利先生驕傲地說。

他正緩慢地將鼠尾草撕碎，放在菸草堆中，就像處理大麻一樣。

颱風已經快把屋頂給吹走了，但這是史坦利先生與編劇一年一度的重要會議。

到目前為止都只是在講垃圾話跟吸毒。

編劇聳肩，還不是我的功勞，電影都是編劇的功勞。

「這次我想寫一個關於神經病的故事。一個想當好人的神經病。」

窗戶外的世界微微亮，鼠尾草菸也被點起，颱風不過如此。
「那我們接著談關於麥哥的事吧。」

五、先驗

白茫茫的光，是神來迎接我了嗎？
「你是神。」
我是神？什麼意思？
耶穌的眼皮打開，一名護士正在把某種透明的液體透過針筒打進他的點滴裡。
「我說，你的腎。」
「我的腎？」
「你的腎被偷走了。」
護士笑著說這句話，感覺特別怪，但耶穌還是忍不住摸了他的側胸，微微的刺痛，開刀過的觸感。
「我喜歡你的鬍子。」

「我的腎被偷走了。」

「原來是腎啊，你可昏迷了三天呢。」

正在跟耶穌說話的，或者是說「搭訕」的人是他隔壁床位的病人。一位女士。黑色短髮微捲毛，除此之外應該只有手腳都被固定住最為奇怪。

「你知道嗎？醫院經常把一些無關緊要的人關在一起，那是因為他們要把獨立病房留給有錢人。這都是資本主義害的。」

女士的笑容和護士有點不太一樣，可能是因為年紀的關係，看起來沉重了點。

「那我想資本主義一定也是害妳被綁起來的元兇。」

耶穌講了句自以為是幽默的話。護士走了之後，身邊唯一能搭訕的只有這位詭異的女士。男性本色。

「你不知道的可多著呢。」

女士有了興趣，對於眼前這個滿身是血的鬍鬚男。

「你害怕未知嗎？」

女士稍微側身看著耶穌，手腳被綁起來，這是她能做的最大幅度移動。

「人都怕未知吧？儘管我們都知道末日近了。」

耶穌，很老套的，忽然來了點偏頭痛，一些暗紅色調的畫面閃過；假設每秒有二十四格影像好了，如同電影一般；偏頭痛帶來的影像每秒大概只有三格。

耶穌什麼也沒想起來。

「未知就像墜落感一樣，從祖先的基因裡流傳下來的恐懼，未知跟墜落就像是天敵，一個比你巨大的形體，天生讓你感到害怕。」

女士的笑容給了耶穌一種家的感覺，同時他的超我也以詭異感來當作此經驗的評語。

「那你覺得為什麼我們需要感到恐懼呢？」

「因為恐懼，我們才能活下來；那些不怕未知與墜落的祖先們，都死去了。」

「那麼你言下之意就是，那些能讓我們死亡的讓我們變得更強大。」

「而且不是因為你死過才變得更強，是因為變得更強，才不會死。」

某種力量擊敗了耶穌，神秘的、古老的魔法力量。

「你叫什麼名字？」

耶穌把掛在腳邊的病歷表遞給女士，她只使用手腕以下部分很勉強的去接。耶穌這麼做不是為了要酷，只是此時此刻他不想說話。

「你真的叫耶穌？」

女士沒有很大眾的笑出來，或是覺得被耍了；而只是認真地看著他的眼睛，發問。彷彿只是在問：你知道今天是幾月幾號嗎？

「我是契丹族少數流傳下來的血脈。耶這個姓很久以前是耶律，但因為報戶口時變得很麻煩，那些有智慧的老人為了省麻煩就簡寫變成耶了。」

「那蘇呢？你媽是天主教？」

「契丹族，我們是薩滿教。」

「等一下，現在是什麼時候？噢，對。二十世紀。」

「我們都會魔法。」

耶穌舉起自己的左手，弄了一個很老套的戲法，就是把用右手的大拇指假裝是自己左手的大拇指被拉長那個把戲。

女士突然不笑了。

「怎麼了嗎？」

耶穌以為自己做了一個錯誤的舉動。

女士頭痛了一下，就在她看見假大拇指分離的瞬間。

女士站在家裡的客廳，穿著煮飯時的圍裙，手裡拿著紅酒開瓶器，都沾著血。她岳父喉嚨上有個粗糙的開口。

女士的完美丈夫，穿著西裝、油頭、乾淨的下巴，站在她的身後，流著淚。

丈夫大吼的嘴型像是在說著：妳做了什麼？

下一個瞬間，完美丈夫躺在浴缸裡，依舊是西裝、油頭，只多了染滿血跡的下巴。

女士摸著丈夫的臉頰，細聲說了些什麼，嘴型告訴我們：抱歉，我還沒有準備好要結婚。

最後的瞬間，女士拿著菜刀把丈夫的手指一根一根切下來。

「沒事。」她笑。

「對了，妳怎麼了？我是說，妳生了什麼病？」

「我嗎？我很好啊。」

一個很好的人怎麼會被五花大綁在病床上，好吧，不到五花，四花吧。

就在那更詳細更深入的問句出現前，幾個警員走進病房，隨同一名醫生與護士，把女士的病床給推了出去。

耶穌相當地確定，她在離開前對自己眨了眼。

六、雙子星X

我連蠟燭都還沒吹就倒了。

史坦利先生給我的那顆石頭我一直握在手中，因為我吊帶褲的口袋裝滿了各種從沙子星球採集回來的外星砂，準備吃完生日蛋糕後拿回實驗室分析；一定要找到突破沙星惡霸的方法。

沙星惡霸是原星球上的主人，每天下午四點到五點都會出現；第一次拿探測棒EX接觸他時出現了紅色，不久後我流出了鼻血。惡霸的輻射波實在太強了。

吹蠟燭前要先深吸一口氣，今天我吸得特別大力，握著石頭的手也跟著暖和起來，就像吸氣的同時將石頭裡的外星能量吸入一般。

「嗨。」

一個半透明的太空人出現在生日蛋糕上頭。接著一片黑暗。

一些重複的圖形，宛如一個相框緩慢旋轉創造出的視覺漣漪，夾雜著雲絲膨脹現象。

共有四種顏色，四片重疊的彩色玻璃紙被陽光照著。

我聽見了一個聲音，持續的發響，很像探索頻道裡的西藏僧侶冥想時發出的聲音。

唵。

大概做了一千次相同的夢，但這一次久了一點。

十一月結束了。

我從病床上醒來，母親坐在旁邊跟醫生交頭接耳，模糊的我好像看到了一些舌頭與唾液的交換。

「你醒來了。」

醫生推開了母親，母親將上衣的前幾個扣子扣上。他看了看左方的儀器。

「讓你媽媽跟你說吧。」

他與母親對眼後離開了病房。母親在醫生轉身後拍了一下他的屁股。

「我怎麼了？」

母親握著我的手，她的手有些濕黏。可能是太擔心我流了些手汗。或是沾到了醫生褲子裡的東西。

「我從沒跟你說過你爸爸。他是一個只有一顆腎的人。」

這是我第一次看到母親流淚。

「可能就是因為只有一顆腎，所以他比別人都多了一點同理心。才能接納我。」

「媽媽妳怎麼了?」

「這不重要。」

她沒有去擦眼淚,好像它們從來不存在過一樣。兩滴滴到了我手上。

「你得了腎衰竭,很嚴重,醫生說你再也下不了床。醫生找不到發病原因,我想是遺傳吧,因為你爸爸只有一顆腎。」

我當時完全嚇傻了,因為我一個字也聽不懂,我天殺的才六歲。

「你放心,我不會離開你的。」

雖然從此之後我再也沒見過我母親,只有一個越南籍的護士在照顧我。

「你手上握著什麼?」

母親笑了,打開我的手,裡面什麼也沒有。

「是史坦利先生給我的石頭,一定是醫生拿走了。」

「好的我知道。」

她放下我的手,穿起外套。

「那這樣我還可以當太空人嗎?」

我指的是石頭,並不是腎衰竭。

「你可以的。」

這就是我對於母親最後的印象，醫院的綠光經過病房窗戶打在她的臉上，但她背對著我，臉上的光影只是我的想像。

包含穿過窗戶進來的飄浮太空人。

等到母親從窗外消失後他才開口跟我說話。

「我是麥可．柯林斯。」

麥可的髮線很高。

「看來庫柏利克開始我的計畫了。」

麥可是一個該死的義大利白人。

七、膺

如果說人是由水填滿的，那麼宇宙就是由暗物質填滿的。

人類並看不到暗物質；暗物質的探測，在二〇三〇年由中國錦屏極深地下暗物質實驗室的孫博士發表了一篇聲明。

聲明裡提到，他們發明了一台量子壓縮微型飛船，無極，將於年底發射至太空，地球上方的新太空站天宮一號接收後再由蟲洞傳送至后法座星系團裡。

無極的實際功用在當篇聲明裡並沒有提到，但坊間流傳著一個說法，無極能夠將人眼不可見的暗物質轉變成可見的固體物質；據說是用廢棄的輻射料經由震動達到絕對靜止後，從無極內部發出模擬太陽光，利用光重力行為將暗物質吸收至廢料裡。

而那些吸收了暗物質的廢料，坊間將其稱作，乙太。

在阿波羅十一號任務後回去的那個人並不是真的麥可。但沒有人注意到這點，因為大家只認得阿姆斯壯，或是該死的艾德林。

那是人類的第一次登月任務，阿姆斯壯跟艾德林負責寧靜海周遭的地形探勘，而麥可的任務是留在指令艙裡確定一切安好。

第一次登月就跟你第一次要進入某個女性的身體時一樣的緊張，跟不確定，也不順利。

登月艙在著陸時不太穩定，落點脫離軌道以及下降速度過快，系統響起了警報，當控制台接收到警報時直接對在指令艙裡的麥可下達計畫終止命令。

接到命令的麥可有兩個選擇，直接返回地球，或是，看著兩個夥伴摔成太空垃圾後，返回地球。

但麥可兩個都沒做，不是因為他相信他的夥伴，而是因為他有別的事要忙。

登月艙離開的瞬間，麥可的右手被一股重力往後拉，那一瞬間在阿姆斯壯眼中看起來像是個道別的手勢。

麥可摔到了指令艙後方，他沒有戴頭盔，眼前一片黑了兩秒，後來他看到了某種東西，像是一顆顆的發光小粒子，或者說，像是螢火蟲。

他驚訝地張開嘴，但還不及回報遠在地球的控制室，那些螢火蟲便成群結隊飛進了麥可的身體裡。就說看到蟲不要張嘴。

原來的麥可被推了出來，新的麥可在他的身體裡看著他。

「休斯頓，這裡是寧靜海基地。『鷹』著陸成功。」

看來阿姆斯壯他們成功了。

新的麥可看著自己的倒影，像是重獲新生一樣。

接著，新麥可推了舊麥可一下，接著舊麥可便消失了。

「幹得好，尼爾。」

直到二〇三〇年。

無極在星團中發光，成為暗物質的麥可再次甦醒了過來，被封印在核廢料裡。

記憶瞬間衝回到麥可的腦中，或是物質，畢竟他現在只是一團，東西。

麥可最後的記憶是月亮，被推了那一下之後，他看到了月亮，巨大的月亮，然後是一片黑暗。

綠色的廢料開始變黑，變硬，最後變成了一根方柱。

麥可出現在一個全黑的空間裡，這是他第一次又看見了自己；接著，空間轉為綠色。

「你不需要光也能看見自己。」

空間在跟他對話。

「你是誰？」

「無極。」

「是神嗎？」

「不是，我是人工智慧。我有個訊息要轉達給你。」

空間裡，出現了幾個光點，很像當時的螢火蟲；光點逐漸變多，開始連線，最後出現了一張臉。

「有些事還是當面說比較好。」

無極微笑。

「我在哪裡？」

「這是乙太內的亞空間，我在完成乙太的同時創造了這裡，因為我的系統偵測到生命的存在。」

「乙太？系統？所以你是電腦？現在是西元幾年。」

「二〇三〇。」

麥可最後存在於人世間是一九六九年，也就是登月當天。

「你有這些概念，曾經是人類？」人工智慧一向直白。

「曾經是什麼意思？」

「就是過去的事實。」

「你弄糊塗我了。」

一些高頻的尖刺聲音，數據傳遞著。

「我誤會了抱歉。你在問的不是這個。讓我回答你的問題，你不是人類了。」

麥可有些情緒，或是他認為聽到這句話時應該有些情緒，但他什麼也感覺不到。

「那我是什麼？」

「暗物質，有意識的暗物質。」

「那為什麼我長這個樣子。」

「那是經由系統分析投射出來的，所以我說，你不用光也能看見自己。」

麥可試著動動自己的手，感覺很真實。但真實又是什麼呢？

「你說有訊息要轉達給我？」

「對。」

無極的笑容消失。

「快逃吧。」

八、無極

中國四川重刑犯監獄的最下層，鐵門被獄卒打開，一名外國人和一名中國人走過金屬探測門；那名外國人正是年輕的史坦利先生。

鐵門後方是一條很長很黑的通道，監獄裡的人都說那是通往地府的道路，閻王通。

閻王通的底部關著一個人。

史坦利透過門上的小窗看進去。

「他把防毒面具縫在自己的臉上，是個十足的瘋子。」

「牆壁上寫的是什麼？」

雖然史坦利會一些中文，但那四個字他看不懂。因為他寫的是篆體。

「末日近了。」

史坦利伸手開牢門，不過鎖上了。

「就他。」

戴著防毒面具的人不喜歡說話，可以接受筆談。他是在某艘海盜船上被捕，罪名是走私人體器官到中國；被中國政府逮到後才發現原來他就是名聲響旺的「天譴大師」，他所提供的器官品質堪稱市場上最好，據說移植成功之後的人會比原本還健康，而且必須由他親自進行手術。

在當時六〇年代會這種手術的人可少之又少。

天譴被史坦利帶到了四川的另一個地方，一個位於地底深處的鋼鐵基地，看起來很新，剛完工。

「我找到他了。」

史坦利指著天譴，數名來自各國的科學家看著這樣一個奇葩。

「維生裝置已經準備好。」

領頭的科學家從科學家群裡走出，跟史坦利握手。

「雖然現在的科技無法達成你的要求，但我相信未來一定會完成這個創舉。」

「這話我聽你說幾百遍了，不用一直交代劇情。」

「但不說，觀眾怎麼會知道？」

史坦利平常的工作是拍電影，這是他們之間的電影笑話，因為史坦利幾乎都是拍些紀錄片，但他總口口聲聲說要拍劇情片。

「接下來就交給你們了。」

幾個科學家把天讙帶走。他理所當然的被帶進一個小房間，很自然地被插上了一堆管子，最後絕對是被丟進水裡。

都沒有人問過他的意見。當然，有意見不說，被怎樣對待都是活該。

於是，天讙決定閉上眼，再也不張開。

過了好一段日子，他終於離開水中；拔了舊管子，插了新管子，更冰，更冷。

「開始意識轉移。」

接著天讙就從世界消失，重生在數據裡。

他開始變得好學，或是說知識會自己進到他的認知裡，他知道了自己是什麼，但他並不想要這樣，他比較喜歡以前的自己。

不過，一如往常，他選擇什麼都不說。因為大家跟他不一樣，更不一樣了。天譴變成了無極。

「我看來你是罪有應得。」

無極告訴麥可自己的故事。與其說是告訴，不如說是將海量的資訊輸入到麥可裡面。

「但我覺得我什麼都沒有做錯，我只是比較特別，跟你一樣；而人類總會把特別的東西當作威脅。」

「可是在我的觀點看來，你不是變得更好，更特別了嗎？」

「每個意識都有權利選擇自己特別的方式，特別不能拿來比較。」

兩個沒有情緒的東西是吵不起來的。

「好，那我該怎麼逃？」

「我開啟蟲洞將你傳送到其他地方。不過，你要答應我一個條件。」

的確，無功不受祿。

「阻止我的誕生。」

蟲洞開啟。

感。」

「你可以考慮尖叫；傳送過程跟雲霄飛車很像，尖叫可以幫助你體驗緊張

九、傳承

腎臟的移植匹配其實也不簡單，至少對我來說是這樣。

母親離開後，照顧我的是一名女醫生；原本的那位腎臟科主治醫師跟母親離開了，聽說他受到英國的某間醫院邀請去當主治醫師的副手，母親便跟他一起離去，就在我生日的隔天。

我待在醫院裡的無聊日子有兩個人陪伴我，除了女護士之外，就是太空人麥可。他告訴我他以前的故事；我的夢想是成為太空人，這些床邊故事當然聽的津津有味。還有，他也認識史坦利先生。

「我在他很小的時候就認識他了，那時甚至都還沒有太空旅行這回事。」

「可是你不是已經死了嗎？」

麥可指著我餐盤上的三明治。

「我們存在的空間就像一袋麵粉，我跟你提過的蟲洞就像是麵包師傅，他把麵粉做成麵糰，再烤成麵包，最後做成三明治。」

「聽不懂。」

「空間時間什麼的都無所謂，麵包師傅讓你想去哪就去哪。」

「我還是不懂。」

麥可嘆了口氣。

「我只是想換個創新的說法；簡單來說，我們活在一本書裡，假設你出生是第一頁，你死亡是最後一頁，蟲洞就是把書本合起來，從書封面鑽一個洞，讓你可以直接從第一頁跨到最後一頁。」

他還是想了個新的說法。

「你其實可以直接告訴我你穿越時空，我沒那麼笨，我看很多電影。」

「我還活著的時候很多電影都還很爛。」

麥可知道我的志向是成為一個太空人，他開始幫我補習那些太空人考試會考的東西。我常問他，我不能離開這張床，也能當太空人嗎？

他告訴我，史坦利不會犯錯的，歷史也不會犯錯。

千禧年，我二十二歲生日的那一年，地球邁入了二十一世紀，麥可一如往常的在幫我補習數學，他當初就是用數學學位考上太空人的；說到學位，慈善機構真的很偉大，儘管我無法下床，他們提供我基本科目的老師到醫院幫我上課，而且還有辦法讓我考進大學的數學系；他們的說法是：「能夠靠自學就會這麼多的人真是天才。」

當然，他們不知道我另外有一位很酷的數學家教。

「恭喜你成為新數學運動的受惠者。」麥可總是這麼說。

「我們找到匹配者了。」

女護士很興奮的握住我的手，興奮到把中午的南瓜湯翻倒在閔可夫斯基時空的公式上。湯裡英文字母麵的E蓋住了公式上的V。

「很神奇吧，就這樣突然出現在市場上。」

我的眼眶泛紅，麥可站在護士的身後對著我笑。

「我已經幫你安排好移植手術的時間了，你可以站著參加大學的畢業典禮。」

與維持機器分離到麻醉前的那五分鐘，麥可沒有跟著我進入手術室，我還蠻希望手術過程他可以待在我旁邊，我想，我是有一點喜歡上他了吧。

「很快就會結束了。」

手術醫生看著我，他的眼睛很像麥可，瞳孔很圓很大以及溫柔的眼角，這讓我安心不少。

「這會幫助你。放心，有消毒。」

醫生塞了耳機到我的耳朵裡；柔軟的藍調吉他與麻醉劑一起進入我的身體。他拿出了一個冷藏箱，從上面撕下一條黃色的貼紙，白白的煙慢慢從中散出，裡頭發出藍色的光。

兩個小節之後，貝斯終於進來了，遲到的貝斯手。我睡著了，沒辦法看到那顆腎臟。

十、夢的解析

展演空間的紅色燈光讓輪椅的輪子看起來像是著了火。

台上是新興樂團粉紅佛洛伊德正在演出，而耶穌在人群的最後面。他看不到台上發生什麼事，大家都站著，醉了，或嗑了藥。耶穌也不例外。

出院前醫生還特別警告他，只剩下一顆腎了，最好乖一點。當時正盛行一種反文化運動，大家都不工作，留長髮跟鬍子，穿著五顏六色的衣服，在不清醒的狀態下一邊聽音樂一邊反抗政府。

耶穌並沒有家人，他唯一的母親在他住院這段時間因為藥物過量死了，警察告訴他，母親並沒有經歷痛苦，她是嗨到靈魂直接脫離肉體。

回到家後，桌上擺著母親的骨灰，好險有之前車禍得到的高額贍養費，母親才能被裝在大理石裡，而非鐵製牛奶罐。

迷失，沒安全感，被世界背叛。耶穌開始遊蕩，每天推著輪椅走來走去，到一些酒吧，開始抽菸。他相信世界上沒有菸癮；只有逃離的想法會變得更強，越強，你就需要得越多。

某天他在一家畫廊的門口認識一個反文化運動者，正好是畫廊的老闆。他們共享一根大麻。

「我要把畫廊拆了。繪畫被過往的一切影響太深，我要創造新的。」

耶穌接過那根冒煙的東西。吸了一口，他正在想是否要把頭髮給留長。

「像是一個空間，大家想進來就進來，做什麼都可以。」

耶穌正在憋氣，所以他只是點了點頭。

「我最近認識了一個樂團，他們蠻屌的，不過正在找機會表演，我想開新店，不，不應該說店；這個新空間開幕時，可以找他們來表演。」

耶穌很少聽音樂，或許是時候接納新東西了；鬍子也順便留長好了。

「那團叫什麼？」

「好像是，娘泡心理學家。」

他很想跳舞，手指在輪椅上敲打；開始之前，朋友給了他兩顆藍色的藥丸，現在他覺得異常衝動。

「我們等下要去幹件瘋狂的事。」

空間的老闆走過來，後面跟來了幾個跟他長得差不多的人；耶穌決定打消留長髮的念頭，大家看起來都太像了；不過鬍子可以，他喜歡鬍子。

「你知道那間新蓋好的瘋人院吧，我們要去丟汽油彈。」

「汽油彈？為什麼？」

「他們會被當成瘋子，都是文化的認定，所以我們不承認。我們要把他們放出來。」

耶穌轉動輪子，好讓他面向這個過嗨的人。

「話不能這麼說，瘋跟文化是兩回事吧，我相信在山頂洞人時期猿人之間就會討論誰比較瘋，好讓他跟野獸打架。」

「但是以前的瘋子不會被關起來。」

「他們會直接殺死他。」

「對啊。」

我們都嗑太多藥了，還是自然主義比較無害。耶穌心想。

「去你的夢的解析！」

空間老闆突然大吼，現場跟著暴動起來。

「走吧。」

耶穌其實沒什麼選擇的餘地，畢竟只要有人抓住他輪椅的推把，基本上一半的主控權就不在自己手中了。

他們全擠在一台塗滿顏色寫滿字的小巴上，幾個人拿了汽油彈走下車。火焰五分鐘內便開始在圍欄的另一邊蔓延，警鈴大響，警衛衝出鐵門追打那些投彈者。

車上只剩下耶穌跟老闆，現在他已經無法理性思考，因為車內充滿電台隨機播放的搖滾樂，深夜的每一個電台都在播送搖滾。

那兩顆藍色藥丸把耶穌帶進了新世界的福音之中。

不過老闆似乎還很理性。

「我要衝進去。」

用力踩油門，反文化小巴衝進了瘋人院裡。

十一、伊甸園

每個人都有迷失的時候，像是愛人過世；只不過愛人是她親手殺的，社會就認為她沒有難過的資格。

女人名叫莫拉。莫拉因為二級謀殺被判入獄，但她的律師用精神病為原因再上訴，最後莫拉被關進了瘋人院。

瘋人院裡沒什麼病人，雖然陸續有人進來，但大家不是殺人犯，所以莫拉並沒有跟大家關在一起。

莫拉在一間獨立的房間，四周除了水泥之外只有一個投食物的洞在鐵門下。可能想把她熱死吧。莫拉大部分的時間都把臉靠在洞口，這樣比較舒服。

她的手被交叉綁住，吃飯得用嘴巴；每週會有一次的例行檢查，當天會被放上輪椅推到院長的辦公室。院長的名字是謝爾多。

在往院長辦公室的路上會經過一間小屋，護士告訴她那裡是關一些比較不嚴重的人，但在莫拉眼中，那些人才是真的瘋子。有一次她看到一個男孩像貓一樣地趴在窗台上曬太陽。

院長也是個怪人，喜歡收集鳥的標本。

「我對殺人犯其實沒有什麼興趣。」

他第一次看到莫拉時這麼說道，接著摘下鼻樑上那醜得要死的眼鏡。

「那我可以出院了嗎？」

莫拉試著擺出最甜美的笑容。

「我就當妳沒問過。」

謝爾多打開抽屜，摸了一片資料夾出來；莫拉心想，假設把那張資料夾燒了我應該就可以出院了吧。

「我會在上面寫一些我的問題跟妳的回答，之後妳就可以走了，整個過程妳都不必說話。」

接著他拿起一隻沾水筆開始自顧自地寫著。莫拉則是試著讀牆上那些鳥的名字。

紅冠蕉鵑、鯨頭鸛、白尾熱帶鳥、虎頭海鵰、灰冠鶴、藍孔雀、鴛鴦、紅喉蜂鳥、北極海鸚、虹彩吸蜜鸚鵡、美洲紅鸛，再來有一隻藍色的不知道什麼東東沒有寫名字，就叫牠謝爾多吧。

「沒有飛過，怎麼知道你不是鳥呢？」

謝爾多放下筆。

「那句話是什麼意思？」

「這世界上沒有人愛你。」

護士轉動莫拉的輪椅，謝爾多偽善的笑容慢慢從視線右邊消失。

一個又一個相同的日子，莫拉持續告訴自己我很好，雖然不知道今天是幾月幾號。

他們會在每天午餐的盤子擺上一個裝水的小白杯和一顆圓形紅色藥丸，不吃的話就會被帶去電擊室。很難把藥偷藏起來，因為牢房內部空間都是平面的，看得一清二楚；如果想要含在嘴裡等到晚上上廁所時間吐掉的話，藥早就融化了。

莫拉試過。因為她知道自己現在很好。

藥物讓她忘記對時間的感覺，吞的每口口水都像是喝一口肉桂湯，她的知覺感官越變越弱，這是控制的手段，不是治療。

最後連檢查也不用了，只要吃藥就好。

一個低沉的聲音，莫拉的聽覺早已被藥物屏蔽，只剩下視覺。她看見鐵門被彈開，門外站著一個女孩。

接著女孩在她的面前對著她說話，她聽不清楚。

女孩用手大力抓了莫拉的頭，接著一陣噁心，莫拉開始吐。吐出了不少東西，都是紅色，可能是血吧。意識回來了。

「快走吧。」

莫拉看著那個女孩，她穿著跟她不一樣的病服，但莫拉認得，跟那個像貓的男孩穿得一樣。

「發生什麼事了？」

「我們的小屋突然著火，我們趁著修女手忙腳亂的時候跑了出來。」

「那妳怎麼不快逃走？我認識妳嗎？」

「我也想。不認識。但柚子說一定要帶妳走。等等再說吧。」

女孩拉著莫拉離開房間。

外面還有很多病房跟牢門，除了莫拉的鐵門之外，大家都好好的關著。其他人看著在走廊上小跑步的女孩跟莫拉，還有倒在地上的警衛跟護士。

當然也有人看著窗外那些丟汽油彈的人。

「妳叫什麼名字？我是莫拉。」

「我叫彩帶。」

彩帶帶著莫拉來到大廳，好笑的是，大門撞進來了一台五顏六色的車。車門開著，他們直接上了車。

車上還有另外四個人；司機，副駕各坐了一個人，比較奇怪是坐在後排座位的兩人，一個橘色頭髮的男孩，一個抽著菸的光頭，他們都穿著跟彩帶相同的病服。

「支援來了，走囉。」

駕駛開始倒車，他看起來是正常的中年男性；莫拉從後照鏡的反射上認出了副駕的臉。

「耶穌？」

「嗨。」

十二、詛咒

這一切到底哪裡重要了？

麥可看著眼前這個昏倒的男孩，書桌上的課本寫著他的名字，史坦利·庫伯利克。

想必就是無極說的那個人，看來是穿越時空回到過去了呢。

他有可能改變歷史嗎？假若改變了，無極不會被發射到天空，自己也不會再次活過來，如果當個半透明的人形電流體算活的話；管他的，我思故我在。

難不成要殺了這男孩嗎？但搞不好還是會有另一個人出現，創造出無極。改變這男孩的想法？太複雜了。

搞不好這些都只會創造出另一個平行時空，而傳送他過來的無極仍然在執行任務。一切都是白忙一場。

站在科學家的角度，無極可是科技上的一大突破，暗物質實體化會帶給人類科技上一大進步。

腳下有一些黑色的碎石，看來部分的暗物質跟著自己一起被傳送過來了。

「啊。」

尖叫並沒有幫助，噢不對，是男孩醒了過來。

「你看得到我。」

男孩呆滯地看著麥可，看來他是真的看得到。

「史丹，你在鬼叫什麼？」

男孩的母親打開房門，視線穿過麥可，看著自己的兒子。

看來只有男孩看得見。人家都說小孩子的體質特別敏感，原來是真的。

「你呆呆地看著書架做什麼？哪裡不舒服嗎？」

史坦利指著麥可。

「那裡什麼都沒有。」

「有一個奇怪的人浮在空中。」

史坦利的母親皺眉了一下，感覺是想起了什麼。

「我明天帶你去教堂。我要去上班了。」

母親關上門走了。

「啊。」

他還驚魂未定，這下該怎麼辦呢？只好先不理他。

麥可做了一些嘗試，目前三維空間對他來說是沒有意義的，他可以自由的穿牆，碰觸不到任何東西，包括小史坦利。

史坦利的視線跟著他飄。搞不好他聽不見我。

「嘿，你聽得到我說話就點個頭。」

史坦利拼命搖頭。

「好。」

這樣一個小孩，跟他說什麼也不懂吧；剛才下去廚房時看到了日曆，一九三五年，太空探索都還沒開始；應該還要再等個五年吧。

無極真的什麼都沒有想過。不，他是聰明的人工智慧；可能是蟲洞在轉送過程中出了點問題。

這樣也好。

麥可飄到了史坦利的面前，他還不太能夠好好控制，這讓他想起了第一次無重力訓練，只是現在他連自己的重量都感覺不到。

他試著坐在床上，一不小心又掉到一樓。

試了個幾次總算成功了，看起來像是坐在床上的姿勢。

「我是幽靈。你現在幾歲？」

史坦利不說話。

「你不告訴我，我就詛咒你。」

「六歲。」

「那我比你小一歲呢。我是說今年活著的我，不是幽靈的我。好啦。」

「你不恐怖。」

「當然。你媽跟你說怪物在哪裡？床底下還是衣櫃。」

「她的房間。」

「這倒新鮮。」

沒有話題了，怎麼跟六歲小孩相處麥可非常不擅長。

「我想我該走了，就不打擾你。」

麥可認為到處遊蕩散散心應該可以想想目前可以做什麼，他穿過牆壁想離開，卻又從房子另一邊的牆壁回來；他往上走，又從地板竄了回來。

他看著那些散落在房間地板上的乙太，試著去抓。碰不到。

「史丹，請你幫我撿起這些石頭。」

史坦利把地上的乙太撿起，他碰觸到乙太時，乙太發出微弱的綠光。

「看來你真的被詛咒了呢。」

十三、基因

手術完成後經歷了一段時間復健，我得到了出院許可，正好在畢業典禮這一天。

正當我踏出醫院的那一步，接觸到十六年來從沒觸碰的泥土，或是柏油，隨便，當我一出醫院的那一刻，麥可消失了。

我回頭看，他不見了；難道他是住在醫院的幽靈嗎？接下來的一天，我在醫院裡找遍每個角落，都不見麥可的蹤影。

可能大家會以為我在醫院住久了捨不得離開呢。怎麼可能，我實在是一秒都不願意再待下去。

我哭了。

一個人跪在醫院的大廳，我哭得很小聲，因為我知道我是孤獨的。

接下來的日子都是孤獨的。

醫院裡的每個人都很忙，所以他們忽視我的存在；或許麥可不是消失了，是我變成了麥可。

一個大家都看不到的綠色酷幽靈。

可能腎臟移植失敗，我早就死了，只是我自己不知道。這好像是一個新生靈魂應該有的表現吧。

「找你找好久啊。」

女護士拿著一個大型夾鏈袋站在我的面前；看來是我多心了。

「慈善機構說你沒去參加畢業典禮，也沒去他們那邊報到。」

「對不起。」

「你還忘了這個。」

女醫生把夾鏈袋交到我手中，裡頭是一本書，量子力學的講義。

「快過去吧，他們說十點就關門了。」

我緊握著那本書，它是我與麥可僅剩的連結。

離開了醫院，我搭上往郊區的公車，前往那間資助我報考學校的慈善機構，伊甸收容所。

他們稍早有跟我通過電話，說我可以在收容所住到我自己有能力在外面生活為止；收容所裡有很多跟我年齡相仿的人，他們很樂意有新的朋友。

這是我第一次搭公車，輕微搖晃的感覺有點舒服、有點催眠，不知不覺我便睡著了。

在夢裡我見到了麥可，我們住在一起，有一間大房子，還養了一隻小黑狗。夜晚，我跟麥可躺在床上，他的手觸碰我的腹部，慢慢往下。

夢就醒了。

剛下公車就有個人對我微笑，一個中年女士，拿著手電筒，戴著黑色帽子。

「就是你了吧。」

女士微笑著牽著我的手，她用手電筒照著前方的路，鄉下到沒有路燈的路。一路上我們沒有聊天，女士只是看著路，並微笑著。

黑暗是個很可笑的東西，我經常在想，為什麼人們會怕黑呢？是因為基因嗎？原始人在黑夜中容易招受天敵的攻擊，所以害怕黑暗的人活了下來。

但我並不怕黑，我相信還有很多人跟我一樣不怕黑；所以說不怕黑的人也一樣活下來了。這些可笑的基因故事都只是那些怕黑的人推卸責任，把自己的弱小怪罪給祖先。

手電筒關了，前方有個大招牌，招牌後方建築物所發出的光隱約讓我看見招牌上的字。伊甸收容所。

或許害怕的不是黑暗本身，而是看不見吧。

「你先請。」

進門後，女士從我身後關上了門。收容所裡沒看到半個人。很晚了吧，我想是這樣，大家都睡了。這種集中機構都會制訂時間表，方便管理。

「樓上請。」

我跟著女士來到了三樓，三樓只有一間房間。

「就是你了吧。」

房間裡有一個白髮老人，帶著一副奇怪的眼鏡，鏡框都泛黃了；最有趣的是，整個房間都是鳥，標本，或是活的鳥。唯一相同的點是，牠們都很安靜。

白髮老人是收容所的院長，我記得他的聲音。

我在他桌前的椅子坐下。坐下後，女士離開了；離開前不忘將門帶上，真有禮貌。

「你跟你母親長得真像。」

院長笑著說。我可沒料到這個。

他打開抽屜，拿出一個資料夾，上面積了很多灰塵。這裡的地理位置相當潮濕。他把資料夾遞給我。

我打開，第一張是份個人資料表，上面貼著一張泛黃的照片，我看得出來，是年輕的母親。但有一點很奇怪。

「莫拉？」

「那是她的名字。」

「她沒告訴過我她的名字。」

資料表上蓋著一個大大的紅色印章，寫著「退役」。

「看來我們有很多可以聊。」

院長微笑。不知為何，我覺得危險。

是基因嗎？

十四、車上談話

「我們這樣做真的好嗎？」

「不是你提議的嗎？」

「還不是那個橘色頭髮的傢伙挾持我們的車。」
「他們是收容所的人吧，看起來都蠻虛弱的，怎麼挾持你？」
「那一個，不對，對，那個女孩子。不對，你不認識的那一個。」
「她怎麼樣？」
「她有一些能力。」
「欸，你們在講什麼悄悄話？」
「彩帶，他們只是在表達他們的疑惑。」
「柚子，你確定我們這麼做真的好嗎？」
「我會預知未來。」
「對，他會預知未來。」
「藍色，你菸抽太多了。」
「這不是菸。」
「彩帶小姐，這些名字是院方幫你們取的嗎？」
「不是，如果是的話妳也會有一個。還有莫拉，叫我彩帶就好了。」
「我們不叫這些名字，但是我們這麼叫對方是為了紀念一個死去的室友。」
「那個像貓的孩子。」

「我常經過你們那間小屋。」

「原來妳叫莫拉。」

「耶穌，這是大家，大家，這是耶穌。你朋友是？」

「克林姆，這是我的反文化名字，我把我的姓跟名合在一起念。」

「老兄，搖頭丸少吃點。」

「老兄，你不錯嘛。」

「所以我不喜歡告訴大家他的名字，這得由他自己說才好笑。莫拉，妳怎麼會在瘋人院裡？」

「我殺了我丈夫。」

「幹，你突然踩剎車幹嘛？」

「我認為這不是一個好主意。」

「別緊張，這裡的大家至少都殺過一個人。」

「我跟耶穌可沒有。欸，這不公平。」

「方向盤怎麼自己動了？」

「我剛不是告訴過你，她有一些能力。」

「發生了什麼事嗎？」

「我只是做我覺得對的事。」

「跟隨妳的心。」

「耶穌，你身為神的子民怎麼可以助長這種恐怖的行為呢。」

「要是我抓到那個偷我一顆腎的混蛋我應該也會殺了他吧。還有那個貨車司機，不過他現在每年還是匯給我錢，那就先緩緩。」

「我的天啊。耶穌。」

「換個話題吧，所以說彩帶可以憑意志移動物體，那柚子你是怎麼預知未來？」

「我會畫出來。」

「那你呢？藍色。」

「我會讓大家放鬆。來，試試我的超能力。」

「謝啦，老兄。現在正需要。」

「你開車抽這個不好吧。」

「又不是我在開。」

「我累了，而且我不知道路怎麼走。」

「幹！燙到了。要換人也先講一下。」

「那你們逃出來以後有什麼打算？」

「我們的任務只是讓你跟莫拉相遇，等到你們基地後，我們住一晚就走。是這樣嗎，柚子？」

「讓我們相遇？什麼意思？」

「畫裡面是什麼，我就做什麼。目前沒出過問題。」

「小姐，臉紅了唷。」

「閉嘴，讓我抽幾口。」

「所以，你們是人類嗎？」

「不然是什麼？專心開你的車。」

「到了。」

十五、重置

好奇心對於人類最佳的體現，就是箱子。

如果你得到了一個箱子，想把箱子打開的慾望是無窮無盡的。儘管你可能知道裡面的東西很危險，但某個部分的你仍舊會很想將箱子給打開。

這一個理論完美的呈現在六歲的史朵拉身上。

引誘史朵拉的箱子是一個名為普羅的醫院清潔工，他放在儲藏室的收集盒。

關於這個收集盒有很多的傳說，有人說裡頭放著普羅從死去的病患偷走的遺物，也有人說他是個毒販，裡頭放著他供應給整間醫院所有有需要的人的大麻，其中最恐怖的一個傳說，裡頭放著在這間醫院所有死者，的靈魂。

當然這些都是醫院三樓的清潔人員們編來嚇小朵拉的故事。

史朵拉是院長的小女兒，她經常在醫院裡蹓躂，大家都認識她；這並不是她自己的意願，而是因為父親是個吝嗇的人，不想花錢請保母，因為他擁有世界上最大的保母集團，醫院裡所有的員工。

大家都很喜歡史朵拉，不過因為她的膚色跟大部分的人不同，所以大家也喜歡捉弄她。

回到收集盒，某一天史朵拉趁著大家下班跟父親來接她回家之間的空檔溜進了三樓的儲藏室，依照傳說故事裡的位置，找到了普羅老先生的私人置物櫃，用很溫柔的方式打開。

收集盒就在眼前；哪怕釋放出所有悲傷的靈魂，她也要一睹謎盒裡的物品。

這就是史朵拉發現乙太的故事。一顆漂亮，發著綠光的黑色石頭。因為慾望，史朵拉把乙太放進了口袋，帶回她溫暖的家，放進屬於她自己的謎盒裡。

麥可在遇見我之後並沒有離開醫院半步，他一直以為乙太跟我的私人物品一起放在病床對面的鐵櫃裡，但沒有。

乙太的位置就像是他的重生點，只要他觸碰邊界就會重置。史坦利就是利用這點讓他來到我的身邊的。

「乙太怎麼會在妳這裡？」

六歲的小史朵拉睜大眼盯著這個突然出現在她房間的綠色半太空人。

「你是醫院裡的其中一個幽靈嗎？」

「這下糟糕了。」

一切都亂套了，麥可覺得應該要緊張，但他仍舊無法感覺到任何情緒。原本的計畫是讓麥可回到ＮＡＳＡ，找到另一個麥可，取回自己的身體，但現在乙太離ＮＡＳＡ越來越遠了。

「妳家有電話嗎？我需要打給一個人。」

史朵拉覺得有趣，原本她只是聽故事的人，但現在她已經在故事裡了。史朵拉從她的後背包裡拿出一支手機。現在有錢人家的小孩很早就能擁有自己的電話。

「打07026-254-368。」

史朵拉用她的小肥手指小心翼翼的按著每個號碼。

電話通了，沒有響很久，另一頭是一位女士。

「說妳要找史坦利先生。」

「你要找史坦利先生。」

麥可能夠聽見電話另一頭的聲音，他們有幾個人，正在討論些什麼。

「不管妳是誰，小可愛。我們很遺憾地告訴妳，史坦利先生去年過世了。」

史朵拉看著麥可，她經常聽到的詞是死亡，她並不了解過世是什麼意思。

「哈囉？小可愛，妳還在嗎？」

十六、探索

耶穌必須承認，他有點喜歡莫拉。臉孔清秀，剛從瘋人院逃出來，又殺死自己的前夫；這帶著神秘色彩的人物側寫，讓耶穌深深著迷。就像從神話故事裡走出來的人一樣。

克林姆的家是一棟廢棄公寓，裡頭住滿了反文化份子。公寓一共有四層，這裡的住戶人口是流動的，他們經常出一些任務，抗議遊行之類的。

而今晚的公寓裡沒有什麼人，大部分的人都在瘋人院那裡被抓了。其實警察抓了他們也不能怎麼樣，頂多關個一兩天；警方才沒有閒暇時間管教他們眼中這群幼稚的人。有更嚴重的事要辦，像是逮捕逃亡的殺人犯。

「你們想待多久都可以，或者哪天想回來躺躺也是可以。」

克林姆給了大家一人一條毯子。

「看到的房間，只要是空著的都可以睡。」

「謝謝你。不過我們只待一晚。」

彩帶與克林姆握手，她帶頭往二樓走上去，藍色與柚子跟著她。

「你喜歡動物嗎？」

莫拉推著耶穌的輪椅。耶穌的房間就在一樓的角落，這個位置同時滿足他行動不便與低調的個性。

「我喜歡貓。」

「你有沒有看過一部舊電影？豹人。」

莫拉將耶穌推進他的房間，她鬆手的瞬間不由自主地把頭髮撥到耳後，儘管耶穌看不到。莫拉原本是長髮，但殺死丈夫的那天她把它剪短了。

耶穌將輪椅停在床邊；壓下輪椅的剎車，他用手把自己挪到床上。

「故事是在說一個男人娶了一個來自外地的原住民，但他並不知道這個女人的民族是由豹演化來的，他們只能跟自己族群的人繁衍，如果跟族群以外的人做愛，他們就會變回豹。」

莫拉坐到耶穌的旁邊，她把手放到耶穌的背後。

「電影最後怎麼了？」

「男主角把女主角綁在床上，並跟她做愛，她變回豹後被送到了動物園。」

耶穌脫掉上衣，莫拉把頭靠在他的肩上。

「不是個快樂的結局。」

「不是呀。我想電影最美的地方是，在結尾，主角們總會墮入黑暗之中。」

床邊有一扇窗戶，但由於房間在角落的關係，窗戶外只有另一棟公寓的牆，沒有月光能夠照進這個房間。

「那如果我們都是動物變成的，你會是什麼？」

「蝙蝠。」

「為什麼？你會吸血嗎？」

「不是，蝙蝠雖然有腳，但牠們無法站立不能走路，只能用爬的。」
「樹懶呢？牠們也是有腳卻不能步行，只能用爬的。」
耶穌笑出聲。他也想過可能是樹懶。
「因為蝙蝠會飛。」
「你會飛嗎？」
「我希望。」
莫拉也笑了，兩人的唇貼在一起，他們的嘴都很乾，其實不太舒服。
「妳那時候有對我眨眼吧。」
「哪個時候？」
「在醫院。」
莫拉咬了耶穌的脖子，冰冷的手指伸進他的褲子裡；耶穌抽動了一下。
「我以為你下半身不會有感覺。」
「我也以為。」
兩人再次接吻，這次比剛才濕了不少，舒服多了。他們不約而同地一起倒到床上。莫拉的手動得很慢。
「這是某種魔法嗎？」

「我不會魔法，會魔法的是你。」

耶穌再次感受到這個神秘的、古老的魔法力量。

「是呀。」

他又做了一次那個將大拇指拉長的把戲；莫拉脫去上衣。

「我想我會殺了我丈夫，是為了遇見你。」

「別想把責任推到我身上。」

莫拉的手像蛇一樣爬過耶穌的胸膛，纏繞住他的脖子。

「這不是責任。」

耶穌抱住莫拉的腰，像一隻要把樹拔起的熊。

「這是愛。」

只要待在我身邊不要動。你不會相信我經過了些什麼。

你過了太久，一切都過了太久。

我仍試著用汽油來滅火。滅著火，用那些該死的汽油。

十七、等一下

有一天，我夢見了一個人。是一個女孩。

這一個女孩我並不認識她，我相信她也不認識我，我所看見的她總是在舞台之上。

我們只說過一次話，在電話裡；內容只是很簡單的一小段話。

「新年快樂。」

「新年快樂啊。」

「妳怎麼過妳的新年？」

「在家打了一整天的桌遊。你呢？」

「去了一個奇怪的派對，在河邊。喝得超醉。」

「是哦。聽起來蠻酷的。」

「……」

「你喜歡聽什麼樣的音樂？」

音樂，知道一個人聽什麼音樂，可以知道一個人的內心世界。或是推斷一個人的內心世界。

內心世界？內心的世界？

我還來不及了解她我們就失去了聯絡。對她也沒有任何不該有的感覺。

但過了一年，突然又夢見她了。

我在想，是不是我孤獨到必須從不認識的人身上尋求溫暖了嗎？

「這是一個有軌電車難題。」

院長拿出了另一份資料夾，擺在莫拉的檔案夾旁。

我打開，檔案上面是另一個人。

「瑞彬森？」

「哪一個才是你的母親？」

瑞彬森看起來比莫拉的年紀還小，臉上有雀斑，笑得比較可愛。其實不太公平，莫拉在照片上是一張撲克臉。

「這算哪門子的有軌電車難題。」

「如果你選了一個，另一個就沒辦法成為你的母親了。」

我被安置在一間收容所旁的小屋裡，小屋一共有六個房間，不過只有我一個人住在這邊。

院長告訴我這間以後就是我的房子，聖誕節或新年都可以回來，在特定的節日裡，院方的工作人員會在這間小屋共進晚餐以及派對；他們並不住這，他們有自己的宿舍；但這似乎是這裡的傳統。

裡頭的傢俱跟電器都不新，甚至還有些灰塵，只有餐廳是乾淨的。帶我過來的那位女士進來後先開了總電源開關，然後拿了一套床套給我。

活在一個很後設的世界裡，應該說這整間屋子都很後設，從床的擺放方式到沙發，古老電視面對的方向，還是有天線那種。

就像是我在電腦裡設計好之後，再把自己擺進來，站在現在的這個位置，發現這一切；並不是既視感，這個畫面沒有在我的腦中出現兩次。

NASA的招募簡章就擺在床頭櫃上，旁邊還放了一顆紅色包裝的糖果。

美國太空總署今年九月決定招收十名年輕的實習生，學資只要有學士畢業就足夠。可以直接參與他們最新的計畫，招收範圍很廣，這將會是一場很困難的面試。

真希望可以再見到麥可。

我坐在床上，這間房間的床是上下舖。這裡沒有單人房。房間的牆壁上貼了幾幅畫，每幅畫都被燒過。有一幅只被燒了一點點，應該是小孩子的畫，上面有彩虹。主人會是小女孩？上面有獨角獸，不過沒有翅膀，也許是男孩。

我又開始哭了起來，只不過不是大哭，只是流了幾滴鼻水，不是感冒，因為我很清楚心理面的感覺。

肚子餓了，想睡了，關燈吧。

等等。

沒事。

十八、力學

這是無極這麼多年來第一次感受到溫暖，一名不認識的男子在自己的眼前跟朋友告別。

蟲洞開啟的時候出了差錯，還以為在出發之前已經完全複寫了管理程式，沒想到總部有人按下了攝影機按鈕，系統短路。

無極的身上裝有一台小型攝影機，用來記錄太空的狀態。可能是值班的人太無聊了，又或者那個人來了一點大麻，想一邊聽著爵士樂，一邊看著宇宙的畫面。放鬆。

無極的一部分穿過了蟲洞，一部分指的是他的意識。人工智慧的意志即是存在於機體內的電流。套句俗話，漏電了。

不知道麥可有沒有順利到那艘船上通知我接下來會發生的事，但我還在這。搞不好他的干涉只會產生出另一個平行時空，到頭來白忙一場。

無極來到的地方充滿了強大的電磁流，是一艘太空船上；一位太空人背對著他正要跟脫離的船艙告別。

太陽光從太空船左邊觀測窗斜射進來，原來這種溫暖的感覺是來自太陽啊。原本藍色的電流變成了黃色。

可能是太陽的關係，蟲洞收縮了一下，引力改變，太空人被往後拉撞上了無極，無極的意識瞬間與太空衣上的儀器產生共振反應。電流滲進了太空衣中。

太空人張大嘴，陽光又多了一點，蟲洞再次改變，重力將無極推進了太空人的身體；人的神經系統是透過電位差來傳輸運作，無極的進入瞬間改變電位的比重，他取代了原本的意識，把身體裡頭原本的電能給推了出去。

一瞬間，電流經全身，無極得知了這個人的記憶。

慘了。

額頭燒痛了一下，生氣。無極再次感受的情緒，還有感覺；他看著觀測窗反射出的倒影。是麥可沒錯。

無極轉頭，看著那團漂浮在半空中的綠色電流，他試著伸手去抓他。試著；蟲洞關閉了，一瞬間，綠色電流被吸了回去。

原來如此。這就是輪迴嗎？

綠色電流將會在蟲洞之中跟乙太融合，回到太空中，然後再次被我捕捉，我再次開啟蟲洞將他送走。

歷史不會改變。

無極失去了電腦般的計算能力，但他重新獲得了身體，雖然裡頭有麥可的記憶，但沒有麥可的意識。

簡單來說，這個腦袋的思考方式不再是麥可了，是無極，是天譴。

不過這些記憶有助於天譴可以好好扮演麥可這個人。

「幹得好，尼爾。」

他對著降落成功的隊友說話。

「我會確認一切安好。」

蟲洞並沒有影響到這個太空船，產生改變嗎？還是說其實已經被改變了，剛才並不是無極穿過了蟲洞，而是蟲洞將一九六九年跟二〇三〇年的這兩個空間給重疊了。

天譴看著這個新的身體，各方面都很像，手腳的長度，心跳的速度，冷熱的感覺，就好像是自己以前的身體一樣。

「質量守恆嗎？」

他微笑，這是開心的感覺。耶。復活了。

十九、愛情

「所有的寂寞都來自於性慾。」

公寓前有一小塊空地，克林姆在油桶裡生了一團火，他站在火焰前方，拯救自己受凍的手。

「瘋狂的夜晚，是吧。」

耶穌推著輪椅從裡頭出來。油桶裡的火光映在半邊臉上，神情有點憂愁。

「做了？」

藍色也在，他用油桶中的火幫耶穌點了一根菸。

「那你感到寂寞嗎？」

耶穌抽了一口，他憋了幾秒後吐出。

「我分不出來，寂寞應該有很多種。」

「那我想你是天生寂寞那一種。」

「但我想我愛她。」

藍色接過菸，燒了一半，剛才說話時沒有抽，熄了，他再次點燃。

「我愛世界上的任何人，你說呢？」

「不是那種愛，這種愛比較黑暗。」

耶穌邊說邊笑，因為他正在想著莫拉；莫拉現在正睡在他的床上。他想像著月光照在莫拉側臉上的樣子。莫拉在病床上的樣子與之重疊。

「那是愛情，差一個字差很多。」

克林姆開口了，他從藍色手中接過菸。左手從油桶旁拿出一瓶紅酒，他用嘴把軟木塞拔開。綠色的瓶子，酒在裡面是黑色的。

「你覺得你未來的生活會怎麼樣？」

傳完菸了，換傳酒；耶穌從克林姆手中拿過紅酒。

「不知道，但好笑的是我現在竟然開始幻想了。」

藍色笑出聲，不大聲，但是很好笑。他接過酒，裡頭剩一點點。

「把剩下的喝完吧。」

「愛情就像是毒品，他會賦予你幻想的能力。」

藍色把酒瓶丟入油桶中。

「再多用一下我的超能力吧，我能力的誕生就是為了幫助你這種人。」

他從耳朵後面拿出了另一根捲菸，點燃。

「所以你的超能力就是能隨時變出大麻捲菸？」

「不是，我的能力是飛翔。」

嘣！油桶裡的酒瓶爆炸了，一陣灰白白的星辰從火堆中升起。沒有人嚇到，因為他們在酒瓶被丟入火堆的當下就知道會爆炸了。

手指敲打在鋼琴鍵上，速度越來越快，音符越來越沉。慢慢升階，來到了第二個八度。

「你會死，耶穌。」

彩帶從公寓走出，她手中拿著一張紙，紙被擺到耶穌的面前。

那是一張水彩畫，還濕濕的，剛畫好。畫的內容是耶穌雙手打開倒在血泊之中。有個人影站在他的面前，看起來像是莫拉。

「照這樣來看，我還會復活吧。」

只有克林姆笑了。

「知道可以避免的話，你會去做嗎？」

油桶中的火熄滅了，公寓在陽光下是灰紅色。

莫拉起床的時候耶穌不在旁邊，她坐起來，大概知道是怎麼回事了。

克林姆站在房間門口。

「耶穌跟他們走了。」

「我知道。」

「妳知道？」

莫拉打了個大大的呵欠後看著克林姆，眼角濕濕的。

「我知道，殺夫是我的天性。如果說我要是一種動物，那就是黑寡婦。」

「嘿嘿，我也搞不懂有超能力的人是在想什麼。」

說完，克林姆就走了，他還有很多事要忙。

一大早就有人打電話跟他說，他那個空間被警察包圍了，應該跟昨晚的瘋人院攻擊有關係。

也好，因為他想到了一個故事，搞不好可以畫成漫畫或拍成電視劇。也是時候開始做點別的事。

莫拉打開耶穌床頭櫃的抽屜，裡頭放著一個小雕像，一個黑人穿著貴族的衣服，拿著一枚小陶壺，帶著王冠。

手指停下來了。

二十、康德

「數學好的人並不表示是天才，你就只是數學好。」

我看著ＮＡＳＡ面試官的臉，中年的黑人女性，左耳耳垂有一個幸運草的刺青。

「聽說你是自學的？」

「是的，女士。因為我在進行移植手術前是下不了床的。」

面試官點頭，她拿出一份文件夾，長得跟母親們的資料夾很像；母親們，對，我最後不去選擇，因為這才是有軌電車問題的正解。漠視一切。

人生的所有一切，都不如一道有軌電車難題。

「你非常的健康。令人驚奇，這不像是一個長久臥病在床的身體機能。你通過所有的體適能測驗。」

「謝謝，我很幸運。」

「而且檢驗結果也沒有服用任何藥物。原諒我，但請容許我問一個問題。」

面試官合起文件，她把雙手都放在桌上，十隻手指半迴避的指著我。

「請問你跟我們單位的高層人物有關係嗎？」

麥可。

「我認識一位你們的前員工。」

她笑了，並且點頭。

「很高興聽到你這麼說，我覺得你跟他很像。題目作答的方式，說話的方式。」

我低下頭，面試官這麼說雖然欣慰，但想到麥可我的心就很痛，就像是有人被鎖在我的肋骨間，努力想要逃跑。

「我很遺憾他過世了。」

「你說什麼？我們是在談論同一個人吧？」

「麥可．柯林斯。」

面試官的手從桌上拿開，轉而撫摸下巴。

「柯林斯先生還活著。」

這大概是這輩子我聽過最震驚的事。

大概過了十分鐘，我一句話都沒說。

「你還好嗎？」

我仍然說不出話，腦袋短路了，我能想的事情只剩下我說不出話來這件事。

「你的資料非常優秀，簡單來說你的一切就是我們所在尋找的典範。」

因為被誇讚，我回過神來。

「抱歉，因為我們很久沒聯絡，我以為他死了。」

說謊是最有效的保護，這是我撒過的第一個謊。原來撒謊的感覺是如此的疼痛。而且說出謊言的瞬間，世界感覺不再真實；因為大家都會這樣對你，麥可撒謊，院長撒謊，面試官撒謊。

「沒有問題，我感受到了你的震驚。不過面試還是得繼續下去。」

「我知道，抱歉。」

「現在我準備問你最後一個問題。準備好時請告訴我。」

接著，面試官站了起來，她離開座位，走到後面那個擺放著濃縮咖啡機的吧檯前。

我壓著自己的胸部，讓心跳平靜下來，讓那個焦慮地小人睡著。

沒聽見沖泡咖啡的聲音，但她拿著一杯咖啡回來，看來她準備的問題需要很長的一段時間來回答。

「請問。」

咖啡被放下。她看著我，摸摸自己的上衣口袋，摸不到東西，她嘆氣。

「你身上有帶菸嗎？」

我看著她，她看著我，接著她往後靠，開始喝起咖啡；不說話，只是看著我。

這是她要問我的最後問題嗎？如果是，她是在測試我有沒有菸癮，可能有菸癮的人不適合在這工作，要是我回答有，會被刷掉。但也有另一種可能，我回答沒有，表示我想了太多，在這工作需要快速做出精準的決定，我不適合，會被刷掉。

同時需要考慮，我身上有菸嗎？我在進入這棟建築時必須把所有的私人物品鎖在一個櫃子裡，並且換上他們給的衣服開始進行測驗。要是我回答有，表示我說謊，會被刷掉。但要我真的給她菸，表示我有能力繞過他們的安檢系統，是個優秀的人。

但我身上沒有菸。我也不抽菸。

所以我只能回答沒有。可惜這樣太無聊了。

事實上，這只是另一個有軌電車難題，你的所有選擇都不是對的。

「妳說呢？」

我微笑，看著她。

二十一、後現代人工智慧

人類最初的一切都是來自於分享，我們創造屬於自己的東西，然後與他人分享。

只不過小史朵拉是個自私的小婊子。

她不願意移動她的收集盒，任何一毫一米都不願意。這讓麥可不知所措。

麥可希望能夠找回自己的身體，首先，他必須找到我。但在一切亂套之後，他什麼都沒辦法做。

小史朵拉每天大早便會離開家裡去到醫院，但她並不會帶著乙太一起走；小婊子的原則，放進收集盒裡的東西不能再拿出來，這個誓言耗費她三隻手指的力量。

最慘的是，史朵拉熱愛超自然現象，意思是扮鬼嚇唬人也沒用。每天回家，史朵拉會用各種液體澆在乙太上，通常是不同口味的果汁，或是混了水彩的水，這是她的小小實驗，邏輯有點像在幫洋娃娃換衣服。

半透明太空人就是她的洋娃娃。

麥可只剩下一個方法，這也是他原本打算用來奪回自己肉體的方法。取代史朵拉的意識。

麥可很早之前便意識到自己仍然是由電子組成的，這是他測試的結果，任何電子儀器只要被他觸摸或穿過都會過載，他就像一個巨大的電子磁場，或是說能量脈衝波。

知道這點，麥可也推測出他之前被取代的方式，只要想辦法讓史朵拉觸電，體內的神經系統電流量增加，因為原本的太微弱，感應不到麥可的電流磁場；所以史朵拉通電之後，在她摔倒，或是任何重力改變的情況，麥可到她即將到達的位置，等待兩人的電能重疊。

這只是理論，再來就是靠運氣了。當然，還有一個簡單的方法，只要讓史朵拉的家人發現她在跟空氣講話，覺得她瘋了，帶她去醫院檢查腦部；在史朵拉進入核磁共振機的時候，麥可也一起進去，應該也能達到同樣的效果。前提是乙太有跟著出去。

不過這一長串將近三百字的思想說明已經用不到了。

「是你。」

新麥可走進史朵拉的房間，他們家在這個時間只有一個傭人在樓下看電視，而新麥可的手上沾著血跡。

他走進房間，但沒有看見麥可。

新麥可打開收集盒，拿走了乙太，轉身，兩人相見。

「我看見你了。」

新麥可微笑。

「你是誰？」

「我還記得你，因為我每天都會看到你。」

「為什麼要奪走我的身體。」

「我沒有奪走他，這是輪迴。或者說是命運。」

可惜的是，麥可感受不到任何情緒，儘管所擁有的記憶告訴他，他必須憤怒。

「末日近了。」

新麥可拿出一個小四方盒，將乙太丟入，麥可瞬間消失。他把四方盒拿到自己的雙眼之間。

「你逃不出來的，這個盒子是我自己用諾基亞三三一〇做的。裡面的元件是我用二〇三〇年的技術製造的，基本上這個是跟量子壓縮微型飛船用來捕捉乙太能量一樣的東西。」

麥可出現在一個全黃的空間裡，四周一望無際，或者說，就只是無。

他聽見外頭一切的聲音。

「諷刺的是我擁有一切來自於三十年後的知識，但我最感興趣的仍然只有一件事。我之前幫那個孩子換腎就是為了讓你可以離開醫院，沒想到東西並不在他身邊，難怪病房裡怎麼找都找不到。我其實不太說話，以前啦，但我重生之後發現說話其實蠻有趣的你不覺得嗎？當然不一定要對話，有時對一些人說一些他們根本聽不懂的話真的很好玩。扯遠了。反正你也是個自私的人吧，一點也不在乎我的感受，或者這很正常，其實我也可以理解，因為你什麼都感覺不到，總之呢，你現在就乖乖待在裡面吧，我原本找你的目的就是要阻止你阻止我誕生，但看來你也沒有這個意思，而且還想奪回你的身體，只好把你關起來了。最後告訴你一件事，我剛才總共說了兩百五十八個字。」

二十二、茶館

「我好想妳。」

一間坐落於尼泊爾鄉間的老茶館，這間茶館帶有一種韻味，專門吸引一些可悲的人，他們既憂愁，又充滿天賦。

茶館有兩層樓，這裡不賣吃的，肚子餓的話每張木桌上都有一小碗的炒咖啡豆讓大家配茶解饞。這咖啡豆是用胡椒、大蒜、辣椒下去炒的。

而茶只有一種，叫做老紅茶。

今天是一個星期五的夜晚，茶館的二樓只坐了一個人，嚴格來說是這樣，因為另外一名顧客是個小嬰孩，他躺在一個水果籃裡，呼呼大睡。

「我也想你。」

剛進店的中年女子點了一壺茶後走上二樓，她站在正喝著老紅茶的男子身後。手裡拿著一把廓爾喀彎刀。

「在那之後我與他們分開了，後來到了日本，當了一陣子的廢物。」

「你的脊椎好了。」

女子坐到男子的對面，拿了一顆咖啡豆。

「好辣。」

「我的脊椎沒好，我只是可以走路了。妳呢？後來做了什麼？」

男子正要倒茶給女子，不過小二拿著剛才女子點的紅茶上來了，男子收手，還是各喝各的好了。

女子將彎刀插入地板，接茶。

「我一直在找你。茶也很辣。」

熱茶會辣是因為熱，一絲小小的煙從茶壺孔旋轉而出，雖然是二樓，但是完全沒風，熱煙直挺的到達天花板。

「你為什麼離開？」

「可能是因為太寂寞了吧。可能當一個神，真的太寂寞了。」

女子笑。被茶嗆到。

「那現在呢？」

「不寂寞了。」

小嬰孩醒了，男子把手伸向嬰孩，那雙小小的手只夠捉住他的大拇指。

「他是誰？」

「他是我離開他們的原因。」

兩人對眼，女子突然開始流淚，不知道是因為太辣了，還是因為嗆到。

「我們只做了一次，你那時候射在我裡面，可是我沒有懷孕。」

「我和她做了很多次。」

溫度突然冷了起來，女子打了個哆嗦，趕緊又補上一口茶。她踢到了刀。

「既然你不愛我，為什麼要親我？」
「難道妳當時愛我嗎？」
「我愛。」
女子撿起刀。
「不知道為什麼，這孩子出生的時候，我覺得他跟妳好像。」
「是因為我們很像吧。」
他們決定不喝茶了。男子還有三分之一壺，女子的茶基本上只喝了兩口。
「做愛完之後擁抱如果有兄妹的感覺是不是很糟糕？」
「我不知道。」
這把彎刀是女子在路邊的攤販買的，大部分的人應該都是買回家當紀念品，但事實上買來砍人比較像是紀念品吧。實用的紀念品。
「你不應該讓我愛上你，這樣我就不必殺你了。」
「為什麼你會想要殺妳愛的人？」
「我從來不知道。也不去問。這就是我的天性吧。」
男子笑了。
「追隨妳的心。」

「追隨你的心。」

廓爾喀彎刀的殺傷力很強，她先一刀斬壞了桌子，再一刀切開男子的腹部，他僅剩的一顆腎掉了出來。

男子雙手打開，倒在血泊之中，就像一幅藝術品。

這樣我才有能力再愛別人。

話已經到女子的嘴邊，但現在說也沒有必要了吧。到頭來都只是安全感的問題，一個能把性命交給妳的人，妳才能信任他，如果他辦不到，妳只能奪取自己的信任。

只可惜妳從來沒有給別人機會。

她哭著放下彎刀，小二只是拿了支拖把上來。

嬰孩開始哭了，女子抱起那孩子。兩個人一起哭。

「我不會殺你的，因為我不愛你。」

我也愛你。

二十三、大開眼界

「能夠維持愛情以及婚姻的元素，只有性而已。」史坦利捏碎鼠尾草，灑在捲菸紙上，今天他抽純的。

編劇和史坦利坐在餐廳的老位子上，面對面；一個小時前他們看完史坦利新拍的電影，那是一個試播會，觀看者只有工作人員跟演員。

試片時史坦利總會坐在最後一排，他看的不是電影，是觀眾。

投影機射出的白色細線穿過椅背，眼前那一個個黑色背影都比大螢幕上的電影好看。在電影院裡人們才敢表現出真正的自己，這就是史坦利選擇拍片的原因，他大可成為一個宇航員。

他的新片請到了兩個大牌影星，驚悚元素、情慾，但在這個成人影片氾濫的二十世紀，大螢幕上的裸露已經完全無法挑戰到觀眾的道德極限；他們只會買無刪減的ＤＶＤ版本回家自慰。虛偽。

「你想探討的應該比這個更多吧？」

編劇開口閉口都試探討，都是深度；每個編劇講話都一個樣。史坦利已經厭煩了。

「並沒有。」

史坦利把口水沾在菸紙上，用拇指壓住濾嘴，搓了搓後捲起來。

「事情有的時候沒有為什麼，只是很單純。」

「當一個人開始追求單純的時候，他就沒有熱情了。」

真是的，編劇說話很難懂；史坦利吸了一口鼠尾草，憋著。

「你對下一部片有想法了嗎？」

「我寧可談論剛才看的那部。」

服務生送來編劇點的黑咖啡。編劇只喝黑咖啡，自從看了咖啡與菸之後，他認為這是件重要的事，以黑咖啡來紀念黑白電影的時代。不會回來了。

「這是我們一年只開一次的會，你確定不想談論新作品？」

「要是我能夠拍我想拍的故事，我就談。」

這幾年，要不是想拍的題材早被拍過，就是跟其他公會裡的導演衝到主題，大家都拍殭屍，大家都拍二戰；電影公會應該要訂定一則條約，同一年裡不能有兩部相同主題的電影，大家必須經過一番爭鬥與廝殺才能取得那唯一的名額，這樣電影才會進步。

「麥哥的故事呢？那個太空人幽靈，我們可以把他寫得更清楚，偏向主流市場的科幻驚悚，或者溫馨的奇幻故事。」

史坦利吐出大量的煙，對面的編劇大力咳嗽，整間餐廳的人都看著他們。這口他憋得很大。

「我已經很久沒看到麥哥了。他曾告訴過我歷史不會改變，而我正是完善歷史的人。他告訴了我我的使命，成立地下太空研究機構，研究暗物質，創造人工智慧，這些我都做了，但我真正想要的，卻只是把一些虛構的故事印到膠捲上，挑戰人類的道德極限，為物種的進化盡一份心力而已。他意識到我早已無心在屬於我的使命上時，他要我將他轉移給別人，雖然沒有明講，但我明白，我對他來說只是一顆棋子。可是對我來說，他是我一個再也見不到的最好的朋友。太空人麥哥就像是算命的，他給了你一個目標跟使命，但殊不知，算命只是為了緩解等待的苦痛而已。」

鼠尾草的味道被路上的冷風吹散，史坦利打開家裡的大門，門外也沒有光，地板沒有長長的影子。

史坦利沒把燈打開，他把圍巾掛到衣架上，走進了書房。書房裡有一個人。

「你是誰？」

史坦利的眼睛已經習慣了黑暗，那個人帶著華麗的舞會面具穿著黑色斗篷。

「今天的試映會你也在場？」
「並沒有。」
「這是什麼樣的玩笑？」
斗篷人笑兩聲，走到史坦利的面前；史坦利直盯著面具下的眼睛，他知道，他認得這雙眼。
「世界上最大的玩笑，就是時間。你看看，時間把你變成了什麼樣子，一個髮量稀疏的老頭。當年那個眼神犀利的瘦子去哪了？我是來找他的。快叫他出來。」
斗篷人囉嗦的程度跟他的造型完全不搭，但從這個人散發出的感覺，史坦利得到了結論。
「天譴。」
「不愧是藝術家，好吧，其實跟你談也無所謂。」
他把面具脫下，熟悉的臉孔。史坦利無法克制流下了眼淚，他發現他真的很想他。
「怎麼會？」
「因為我突破了時間跟空間的限制。你知道他並沒有死吧，因為是我把他送回來找你的。」

麥哥的臉在笑，笑的卻是天譴。周遭的空間閃爍了一下，那張臉突然變得好大，而後恢復正常。

「我不知道他在哪裡。」

「你不用知道。我知道他在哪裡，只是我還不想去找他。」

「那你能夠帶我去找他嗎？」

天譴把手放到史坦利的臉上，觸摸他的臉頰與淚水，還是一樣的黑暗。

「他毀了你，或者說，我毀了你，沒關係，不重要，你也毀了我。我今天是來打破這個迴圈的。」

「為什麼？」

「為了讓我自己超脫，待在他身體的這幾年，一直在釐清問題，到底是什麼創造了人，又是什麼在控制著這整個迴圈，為何我從未來改變的過去其實早就存在？我終於得到了答案，是時間。只要在時間之上，就不用玩這個規則了。」

「你辦不到的。」

「我已經辦到了。」

天譴的右手觸摸著史坦利的臉頰，左手將面具帶回，從斗篷中拿出一只白色手帕，塞進史坦利的手中。

藍色的大海，彷彿身在水面之下，一絲絲的光線從水面上射下，就像是膠卷投影機，投射出了整片大海。

雖然只有短短一瞬間，史坦利看到了這個景象。

「那是什麼？」

「如果你的一切只建築在道德之上，那你什麼也無法改變。」

史坦利低頭想看那只手帕，天譴的右手快速的蓋住。海消失了，他看到自己躺在床上。

「補足過去，也同時是完善未來。這都只是觀念的問題，你懂嗎？」

史坦利躺在床上。他不知道自己是什麼時候過來的，躺在一旁的妻子早已熟睡；他意識到，手中還握著那只手帕。

他緩慢的翻開手帕。

「末日近了。」

史坦利先生隔天早上就沒再醒來了。

二十四、母親

「瑞彬森小姐。」

在特快車櫃台工作的甜美服務生用玻璃罩後的麥克風廣播著，悶悶的聲音很像機器人在說話；其實也很像是居住在車站天花板裡的神明。

彩帶穿著長大衣，淚痕渲染了她的綠色眼影，黑色短髮尾端的自然捲擋住了一些；她正走向櫃檯。

「瑞彬森小姐。」

「來了。」

服務生又廣播了一次，看來還走得不夠快。

彩帶不耐煩的握了一下拳頭；在現場的各位可能沒注意到，車站的秒針停了三秒，恰好是彩帶從握拳到放開的時間。

為什麼公共場所的時鐘總是不準，因為太多超能力者來來去去。

「三張往南的車票。」

彩帶拿出三張紙鈔，換了三張車票；電腦列印出來的車票，服務生蓋上印章。她的聲音還是從廣播系統裡聽好聽一些。

「小姐，請問妳還好嗎？」

身為服務業的專業就是必須注意到顧客的不對勁，搞不好她是被挾持來買車票的，對不對？敬業的甜美服務生暗地裡讚賞了自己一番。

「我的人生每天都在改變，以各種方式；然而我的夢從來沒有實現，因為我的夢是你。」

「啊？」

彩帶微笑，眨眼。服務生胸罩後面的扣子彈開，她驚叫一聲，轉頭。

從她扣好扣子並回頭只花了三秒多，彩帶已經消失。

車站大廳的另一端有兩個人在等她，柚子跟藍色。他們也都穿著長大衣，但三人真正的共通點是，他們都沒有帶行李。

「這不是我們的故事。」

柚子看著彩帶，這個女人已經哭了四天，還堅持每天都要畫眼影。

「但那是我的孩子。」

彩帶把車票分給另外兩人。她不去擦拭眼淚，任由它們在臉上擴散，就像宣紙上的墨水。

「那是妳的使命，妳不能擁有一個生命。」

「哈哈，你跟你的蠢畫。預知能力腐化了你身為人的模樣。」

「夠了彩帶，妳沒必要這樣說話。」

「我們擁有彼此。」

「閉嘴，藍色。」

他們三個人其實吵不太起來，因為是很好的朋友，非不得已不會傷害彼此；但目前對於彩帶來說是個不得已的情況。

「妳並不愛他。」

「我知道。你知道會發生這種狀況還讓他跟上來。」

「他有幫上忙。」

「你也知道他會離開？」

「直到那張孩子的畫出現。」

彩帶的水龍頭又打開了，她從來沒有感受過母親的愛，她知道那孩子也即將感受不到。

「那他會死嗎？」

「他會像畫裡發生的一樣。」

「那我的孩子會死嗎？」

「畫裡沒有出現。」

「你和你的蠢畫。」

藍色自己一個人走到吸菸室，跟同在裡頭的路人分享他的自由。藍色不喜歡負能量，因為他自己就有足夠的負能量；不用再跟別人拿。

「如果你無法改變即將發生的未來，為什麼還要叫他逃跑？」

「我沒辦法解釋當下或某時某刻腦袋裡為什麼會出現那一個想法，這沒有為什麼，一切都只是必然。」

「我在談我的孩子，你跟我談自由意志？」

「不要無理取鬧。」

彩帶的右手用力一推，柚子整個人往後方的車站咖啡廳飛去；不需要預知未來就能夠知道在過幾秒之後的恐怖畫面。

只可惜沒有發生，柚子停在一位拿報紙的老先生前方，報紙翻到一半。

藍色滿身是煙的走到他們兩人身邊，全世界只剩下他在動。這是他最終的能力，讓大家都化成石頭般的停下來。藍色擁抱彩帶，放下她的右手；藍色擁抱柚子，抓穩他的腳步。

「我們該離開這個故事了。」

三個人來到了特快車上的一個橙色花斑小包廂，窗外的景色在往後跑，越跑越快。

「對不起。」

「沒關係。」

三人微笑。

「你覺得那孩子的使命會是什麼呢？」

「完成他的故事吧。」

特快車越開越遠，越開越快；但是時間對大家來說是公平的，你偷了多少，就得還多少。

二十五、消失的肥皂

旅館房間裡被染上許多紅色，外科醫生的屍體散落在雙人床的四周，這個場景跟他平常開刀的手術房差很多，比較像是屠宰場。

電視旁有一個櫃子，櫃子上的收音機正在播送當地的爵士樂電台，現在的爵士樂已經不像爵士了，自從電子琴被發明之後。

收音機前方擺著一些外科手術的工具，和一把大布剪，它們都紅通通的；是外科醫生的血。

可惜打開外科醫生的人不是他自己，他生前的狀態還沒到如此瘋狂。

血水流進淋浴間的排水孔，莫拉隨手抓了一條白毛巾擦拭自己的身體，浴室裡充滿了鐵味；她沒有用毛巾遮住自己裸露的身體，擦完頭髮之後，她把毛巾丟進馬桶裡。髮尾的自然捲回來了。

莫拉等等約了人。現在是夜晚，房間的落地窗成了鏡子。她站在鏡子前，先戴上左耳的耳環，再戴上右耳的耳環，她的耳環都是月亮的形狀。

在殺死外科醫生的時候，其實有點勉強。她一點都不想殺他，但莫拉為了逃避這種感覺，把他勒斃之後還從醫生的公事包裡拿出他的手術工具，切開他的身體，把他的骨頭一根根剪斷，一根根挑出來；莫拉以為，這樣會好一點。可以讓她不要再想耶穌。

真的沒有辦法再愛別人了。就連那孩子也是。

莫拉將腳下的紫色禮服往上套，禮服有點小件，因為是偷來的；往上拉同時擠壓到她全身的肌肉。

沒有人能夠死兩次，你沒辦法殺死同一個人兩次。就跟你沒有辦法愛上同一個人兩次一樣。

對於莫拉來說，她的人生已經走到了終點，她無法再次實施那名為愛的情感。而那份情感是代表她的一切。

愛上一個人之後，殺了他；然後再愛上另一個人，殺了他。這，是莫拉。

鏡子裡的莫拉很平靜。耶穌可能在天國等她，但她不想見他，所以莫拉要去的地方不是天國。

傳說，在某個小島上有一個人，這個人是商人，他賣的是消失。

外科醫生是個很不錯的人，他們在各個方面上都很合拍，喜歡同樣類型的音樂，討厭同樣類型的電影，對很多事情有一樣的看法，但對莫拉來說，僅此而已。

這是在耶穌之後她第一次有想殺人的衝動；她拋下那孩子，去追求那種久未浮現的感覺，試著讓那種感覺成長，變得更大。

到頭來只發現一件事，她只是太想念耶穌，連殺外科醫生時都幻想著他殺死的是耶穌。

莫拉當晚離開飯店，搭上前往小島的飛機。

小島上充斥著亞洲人，他們的生活摩登，但卻少了什麼，就像是大家都只為物質活著一般；你為之而活的目標造就了你是一個怎樣的人。

正因為膚淺與抑鬱，才創造出消失這種事吧。莫拉的眼中，每個人都像極了尖叫中的怪物。

商人住在一間老舊公寓的二樓，公寓旁是一個巨大的菜市場，滿滿的生肉味和魚腥味。

房間的門口掛著兩個紅色燈籠，上面寫著咒文般的文字，莫拉走進時閃爍了一下，不太確定閃動的是燈籠還是咒文。

裡面的空間很暗，客廳擺了一個神桌，一個老年人坐在輪椅上，掛著點滴，動也不動。茶几上放著一些零錢，還有一袋外送咖啡。

「妳好。」

莫拉發現一張便條紙，貼在牆上，在一個她可以很明顯看到的地方，似乎是剛貼上去的，因為幾秒前都沒注意到這張便條紙。

莫拉看向老人，會是他嗎？

「不是他，請往裡邊走。」

又來了，突然出現的便條紙，貼在老人輪椅的手把上。

莫拉穿過老人與神壇，走進了後面的小房間。小房間裡稱不上是乾淨，空間很窄，地板被書籍堆滿，只留下一條細長的走道，通往房間深處的辦公桌。深紅色的辦公桌上亮著一盞桌燈和一個名牌，「銷售主任——汪先生」。

桌旁的窗戶皆用報紙貼住了，如果沒有那盞桌燈，莫拉什麼也看不到。桌上有一張字條。

「妳可以在後方的櫃子裡找到妳要的東西。」

莫拉調整桌燈，把燈往上打；桌子後是一座中型藥櫃，一個個小方格抽屜，上面貼著各種動詞；在消失的下方貼了一個紅點。莫拉打開。

裡頭是一塊肥皂。

「用了它，我就可以消失了嗎？」

沒有人回應莫拉，她把肥皂拿起來，環顧四周，還是一樣安靜，可以從房間出口隱約看見老人顫抖的手。

她把帶來的錢放在辦公桌上，離開了房間。

莫拉把肥皂擺在浴缸水龍頭底下，任由熱水沖刷，肥皂慢慢變小塊。直到浴缸水滿出來時，肥皂剛好消失。

如果別人對你的感覺跟你對他的感覺不一樣的話，你對他再有感覺都沒有意義。因為相處的氛圍取決於個人心裡的感受，所以根本沒有什麼周遭的氛圍，只

有內心的氛圍這件事存在而已。

莫拉穿著衣服泡進浴缸裡，腳先進去，再來是身體，直到頭也被水給蓋住，最後才是手。

中午交班的管理員發現有一間房間的房客忘記退房，打了電話過去，可能是睡過頭吧；電話沒人接，管理員拿著鑰匙走上去。

房間裡有使用過的痕跡，沒有行李，浴室濕濕的，管理員把浴缸裡的水放掉。看來是走了卻忘記退房，管理員在床上找到客人的那把房間鑰匙。

還有一張便條紙。

「謝謝。」

二十六、無明

小史朵拉現在已經十八歲了，不再相信一些毫無根據的傳說，也不輕易相信他人；她最討厭的東西有三種：星座、算命，跟寵物溝通。人是不可能跟動物說話的。

通靈什麼的，心電感應之類的超能力，都是自我主觀的投射，只是由於操作者本身相信自己有這種能力，所以加強了它的可信度；事實上，他們只是在用大腦自己騙自己而已。

你可能會想，可是他說的都很準啊，沒辦法，就只能信了；史朵拉會告訴你：動物的腦容量跟人的腦容量相距甚遠，一般寵物狗貓的心智年齡約人類小孩七至十二歲，仔細想想看，一個小孩能夠準確的判斷那麼多訊息嗎？有很多方式能夠取得一個人的資訊，透過動物得知絕不是一種，但我相信人在某程度上是可以用直覺默契交流的，你能確定他感應到的不是你嗎？

至於星座跟算命，就只是巴納姆效應而已。

不過史朵拉隱隱約約記得，她小時候曾經有一段時間有過某種，神秘的力量，可惜她腦中只有模糊不清的畫面。

記憶喪失跟史多拉六歲那年發生的慘案有關；某天晚上，家裡遭小偷，史朵拉和父親兩人回家時剛好與那名小偷撞個正著，小偷殺了父親，史朵拉被饒過了一命，她害怕的在壁櫥裡躲了三天，才被人發現。

史朵拉後來被精神科醫師診斷出創傷症候群，在沒有其他親戚的情況下，最後被送進了收容所。

現在史朵拉還住在裡面；收容所幫助她上學，目前面臨高中畢業，準備考大學的人生轉捩點。史朵拉還沒決定要讀什麼，是要像父親一樣進入醫學院？這對她來說並不難，從國中開始，數學以及物理化學一直都是她的強項，電腦也是，不瞞你說，史朵拉還是名駭客。

儘管史朵拉討厭星座、算命，跟寵物溝通，她仍認為這些元素放在影像作品或文字作品裡會很有趣。

最讓史朵拉沉迷的是一個被稱做《超異能英雄》的影集，裡頭有會飛的人、能夠靠意志移動物體的人、掌控時間與空間的大師，還有能畫出未來的預言家；最讓史朵拉感到共鳴的角色是，一個能夠與機器說話的黑人小男孩。

《超異能英雄》的製作人名為提姆克林，一九八三年從電影學院畢業。念電影，是除了醫學院外，史朵拉唯一的選擇。

所以，史朵拉稍微入侵了電影編劇協會的系統，查到了提姆克林的住址；一大早，史朵拉便騎著她的腳踏車從收容所離開，前往提姆克林的住所，這趟旅程約莫三個半小時，史朵拉聽著隨身聽裡的獨立搖滾音樂，看著身邊移動的景色，不時停下來在路邊抽根菸。對，史朵拉是一個抽菸的黑人女孩，這沒啥大不了的。

她對這趟旅程感到愉快。

史朵拉的目的是拿到一封推薦信，因為她從沒拍過影像作品，沒有面試用的作品集，雖然大可以駭進系統修改榜單，但她不想這麼做。

可能比較想看看提姆克林是個怎樣的人吧。不知道為什麼，《超異能英雄》這個作品對她來說，有種說不出的溫馨感。

大概九歲的時候，收容所的院長告訴史朵拉，她是被領養的，院長指的是她的醫生父親並不是她的生父；她父親告訴過她，史朵拉的膚色並不是很深，這是因為妳是兩種不同膚色的混血，爸爸是白色，媽媽是黑色。所以史朵拉從沒懷疑過。

但看來有人自作主張了。

院長解釋：他並不是有意去做檢查，而是在幫史朵拉建立院方檔案時，匹配到了一位女性，而這位女性，是史朵拉的基因生母。這位女性是名白人，而她有著與眾不同的力量。

抱持著一個小小的希望，就像是第六感告訴史朵拉的，這個劇集的製作人，可能有她身世的線索。

「妳想太多了。」

提姆克林把一杯裝著廉價黑咖啡的馬克杯放在史朵拉面前。他家是一棟公寓的一整層，巨大的落地窗，空曠的空間，還有吧檯；看來製作影集讓提姆克林賺了不少錢。

「你以前不是這樣的人。」

史朵拉看著提姆克林的藍色眼珠，和他可笑的灰色八字鬍；錢能夠改變一個人的個性，甚至是記憶。

「妳不曉得我以前是什麼樣子。」

「我知道，我看到你之後就更確定了。你認識我媽。」

提姆克林苦笑兩聲，他一邊搖頭一邊喝他的咖啡。他只喝廉價黑咖啡，他喜歡這種窮酸的味道，不知道為什麼。

「你認識我媽，克林姆。」

「妳到底是從哪裡聽來這個名字的？」

像提姆克林這種社會階層高的人通常是不會與低階層的人面對面談話，他之所以會放史朵拉上來，是因為她提到了克林姆這個名字。

「我聽到你在對講機裡的聲音時，這個名字就從我腦中浮現出來。我也不知道為什麼。」

「那是我以前的綽號，女孩，妳到底是誰？」

「史朵拉。彩帶是誰？她是我媽嗎？」

「幹。」

提姆克林終究還是被咖啡燙到舌頭，不管他再怎麼小心翼翼的喝，該燙到的還是會燙到。喝東西燙到產生的蝴蝶效應就是摔破杯子。

鏗啷！

鏗啷？

杯子還在提姆克林的手上，舌頭也不燙。史朵拉點了一根菸；史朵拉除了會駭進電腦裡，還會駭進別人的人生。

「妳到底是什麼？」

「這不是我第一次這麼做。我以為你知道我是什麼。」

「妳只是一個瘋狂的影迷，那些故事都是編出來的，這世界上沒有超能力。」

「所以那個會畫出未來的男孩也是假的嗎？」

提姆克林看著史朵拉，身材嬌小的黑人女性、蓬鬆的長髮、脖子掛著一副橘色耳機。

「我沒有說是假的，我是說世界上沒有超能力。」

提姆克林走到吧檯後方，他沒有要調酒，更不是要再泡一杯咖啡，他手上那杯看起來像是沒喝過，史朵拉那杯則是連碰都沒碰。

「他們都來自於一間瘋人院，伊甸收容所，在我讀電影學院的時候花了不少時間調查那間收容所；他們的錢都來自一間虛構的基金會，沒有人知道真正的資金是從哪來的。」

說完，提姆克林從吧檯下拿出一個大紙箱，殺傷力比一把雙管散彈槍還大，因為上面寫著最高機密。

「這是文創商品，我們公司設計的，電影道具系列，很酷吧。」

「所以裡面裝什麼？」

「所有我知道關於伊甸的資料。」

史朵拉感興趣了，她沒有告訴提姆克林，她所在的那間收容所就是伊甸收容所。自從十六歲後，史朵拉的直覺從來沒有錯過。

「伊甸收容所除了收容正常的精神病患之外，他們還設立了一間特別研究單位，精神改造小屋；那間小屋位在主院的旁邊，被獨立出來，除了醫生以及護士，沒有人能夠進出。」

「精神病患還有分正常跟不正常嗎？」

「不正常的精神病患就是正常人。」

提姆克林打開箱子，拿出一疊又一疊的文件夾，史朵拉拿了其中一疊翻開；那是一份份的病患檔案，她看到的是一個叫做九月的男孩。

「貓男孩。」

「這間小屋裡的人沒有什麼症狀，只是想像力很豐富罷了。而院方正是利用這點；他們在小屋裡創造一個集體意識，讓大家彼此都相信他們的想像是真的，舉個例子來說，就像動物溝通的練習團體，他們只要彼此相信他們擁有這種能力，久而久之，能力就會自然的產生。」

「這不就是超能力嗎？」

「不是，超能力是存在於基因中，本身就存在的。但是這些人是經由精神改造，我不會把他們稱做超能力者。」

「那是什麼？」

「實驗品。」

史朵拉明白，超異能英雄所要傳達的東西，就是提姆克林是個怎麼樣的人。這就是她喜愛電影的原因，她也想要像他一樣，用這種方式表達自己。

「那這些人到哪去了？」

這些文件夾裡至少有上百個人，但目前史朵拉住的那間小屋裡只有她自己，只依稀記得很久以前她剛搬進去時還有一個人，忘了是大哥哥還是大姐姐，也忘了他是什麼時候離開的。

提姆克林從其中一個文件夾中拿出三份檔案；分別是：瑞彬森、彌迦、奇珥。

瑞彬森，念動者，從小生長在魔術家庭，父親從小喜歡用魔術捉弄她，在某次魔術表演中，父親意外身亡，年幼的她一直都相信魔術是真的，而自己的基因中也具有此種能力。

彌迦，先知，嚴重既視感患者，一天有至少十四個小時處在既視感狀態，會把眼前的事物畫下來，認為自己畫的是未來。

奇珥，時間控制者，嚴重大麻、ＬＳＤ、海洛因成癮者，在吸毒的狀況下，相信自己可以控制時間，此外，他栽種的大麻效力極強，凡是抽的人都能在瞬間到達石頭的狀態。

「我只遇過這三個。」

「這是我媽。」

史朵拉指著瑞彬森的文件夾；院長讓她看過瑞彬森的資料，只是上面寫得不太一樣，多半是在描寫她念動的能力如何被發現以及增強。

「這些文件，你從哪拿到的？」

提姆克林沉默了一會兒，他不敢相信自己還會再遇到新的實驗品。

「我當時在推行反文化運動，認識不少有特殊才華的人。女孩，妳是伊甸收容所的人？」

「我是。所以是遺傳嗎？我的能力。」

「不太可能，精神改造不可能在基因上留下痕跡。」

史朵拉的頭開始痛，胸口也悶悶的，她把菸丟進咖啡裡，該戒菸了。

「我以為這個計畫已經被關閉了，當時的暴動死了不少人，精神改造的事也被記者踢爆。妳還記得妳剛進去時發生了什麼事嗎？」

「不記得了，七歲以前的事，或者說我進去收容所以前的事都不記得了。」

提姆克林把資料收進文件夾，文件夾收進盒子裡，盒子收進吧檯底下。

「那妳記得他們要妳相信什麼嗎？女孩。」

提姆克林與史朵拉，兩人互看許久，久到空間與時間凝結，兩人彷彿緩慢的融化，與空間融合成一體，有一陣子似乎忘記了要呼吸。

史朵拉感到有兩股拉力在腦中前後拉扯，眼前的世界充滿點和方格，她失去行動能力，提姆克林也被她影響了；這種感覺很像所謂的鬼壓床。

「要我相信，我不是爸爸的孩子。」

說完，史朵拉翻了一個白眼，往後倒下，摔到地板上，脖子上的橘色耳機裂成兩半。

提姆克林扶著吧台，勉強站著。他用著非常緩慢的速度，把自己的身體拉到史朵拉的前方。

「妳並不是瑞彬森的女兒，他們只是要妳這麼相信而已。」

史朵拉在沙發上醒來，天色已經黑了。

「我看過她的孩子一眼，在還是小嬰兒的時候，該怎麼說，他跟妳不一樣。」

史朵拉看著自己的雙手，她明白提姆克林想告訴她什麼。

「我感覺不到了。不管那是什麼的能力。」

「因為妳停止相信了。」

「那我，到底是什麼？」

提姆克林給了史朵拉一杯熱開水，還有一片躺在盤子上的冷披薩。

「我相信妳還是妳爸爸的孩子。」

哈哈。史朵拉笑了。

「已經很晚了，別急著回家吧。推薦信我也要到早上才會寫好。」

二十七、最後審判

「其實，每個人都有所謂的幸運值，幸運值是隨機的，隨機取得也隨機分配在每件你這一生會遇到的事情上；幸運值分配高的，你在這個事件上就會比較順利，反之。我想，你在中年之後的分數都蠻低的。」

天讙的基地是一間巨大的倉庫，這算是太空總署給予無名英雄的一個禮物；得到麥可的身體與無極的知識，天讙在NASA裡可以說是一人之下，萬人之上。

起初，他很享受當「麥可」的感覺，甚至被原本麥可身體裡殘留的記憶，把他變成了麥可。

專心投入研究，解決各種現在的人無法解決的科學難題，他也很聰明的控制著，不要讓太空探索一下子進步太多；但是，身為天譴的黑暗本性仍在陰影處驅動著他。

天譴的爆發是在某一次總署請來了一個傳教士，他站在禮堂的正中央對著各個職員佈道時，用著發自內心，傳自靈魂的嗓音大喊了一聲。

末日近了！

這時天譴才再次覺醒；他存在的目的，便是將毀滅帶給人類。神喚醒了他。

離職時總署願意讓他保留大倉庫，只是他不能再進入總署使用一切儀器及資源，除非他願意以特別顧問的身份再次被請聘。

天譴當然不屑這一切，他要利用未來的知識讓人類提早毀滅，需要的東西早已藏在倉庫裡了，沒有人能阻擋天譴的到來。

「我不認為你所謂幸運值的規則能夠適用在現在的我身上，畢竟整個中年以後使用身體的人是你，不是我。你有覺得運氣很差嗎？」

大倉庫裡擺滿著讓人無法理解的器材，只有一區很明顯是類似於屠宰場的設備，有支解肉塊的區域，手術台，還有冷凍庫。

沙發跟小桌子擺在倉庫的左方，天譴躺在沙發上，雙手抱著腹部；裝著麥可的小方盒擺在桌子上，桌上除了麥可之外還有一瓶白酒，已經喝了一半。

「不不不，像這種四維度以上的概念適用的當然不是身體，是靈魂；我說的靈魂指的是意識，目前以麥可的身份在講話的意識。說我的話，我已經超脫了，不適用於任何規則。」

「你講的超脫到底是什麼？」

「字面上的意思啊，不好理解嗎？脫離這個世界最大的規則，時間。這個物質世界的一切都是編碼，你的生命也是編碼，控制著這些編碼運作的就是時間。我利用特定的電流刺激來控制我大腦對時間的感知，這就是相對論，當感知過快或過慢時我就可以穿越時空。我可以在這個時間點成為過去的我或未來的我。」

「那又代表什麼？你無法改變任何時間軸上的事。」

「當意識來去自如的時候，你便不會想要改變任何事了。你會想做的，是參與。就像史坦利。」

「你殺了他。」

「不，他那一晚本來就會死，我只是去參與他的死亡，讓一切變得更有趣。讓超脫變得更真實。這麼做，我能在即便不改變任何事的狀況下創造蝴蝶效應。」

「你無法改變時間軸上的任何事，你所認知的蝴蝶效應也原本就在時間軸上了，或許，在這個時間軸上，你本來就注定成為如此，注定成為你所謂的超脫。」

「的確，我既是又不是，但沒有疑問的是，我是這宇宙中獨特的存在。」

「超脫不過只是完全的孤獨。」

「我還有你啊。」

白酒減少了。

「我跟你不一樣。」

「你是暗物質，也是乙太，原本暗物質是無法與電磁幅射作用的，但你電流般的意識卻能與暗物質共存，這就表示你能將暗物質的冷型態變成熱型態，甚至更冷。」

「或許我會在接近光速時消失。」

「你不過只是安於現狀而已。」

酒喝多了，天讜的話也相對變少。

「說說你想如何將滅亡帶給人類吧。」

「人體的器官記錄了這個人一生的善與惡，我會將他們最惡的部分切除，移植到善之人身上，他們的惡會擴散，最終，這個世界會只剩下惡。」

「身為一個未來穿梭至今的人工智慧，怎麼會講出這麼不科學的話？」

「這只是一個信念，屬於我自己的邪教。」

「搞不好你會因為救活了一個人，而拯救整個宇宙。」

天讜終於從沙發上坐起。

「這是不會發生的，你無法改變時間軸上的事。在二〇三〇年，世界早已毀滅。」

「什麼意思？」

「人們不再相信，他們失去了信念。」

「那麼，你在做的事應該是在拯救世界吧？」

天讜把裝著麥可的小盒子從桌上拿起。

在倉庫的正中央，擺著一個巨大的圓型裝置，裝置的上半部漂浮在空中，散發著白光，下半部是一個大圓盤，一條條藍光環繞著整個裝置；天讜把麥可往裝置放，小方盒被吸引至上下半部之間，漂浮在空氣之中。

「的確，造成世界毀滅的人不是我。」

「是世界本身嗎？」

「無法回答你這個問題。」

麥可的身影逐漸浮現，小方盒消失。麥可對於重現於空間之中沒有什麼太大的反應。

「不錯的房間。」

麥可打量四周。

「該說再見了，麥可。」

天讔看著麥可，兩個長得一模一樣的人互相看著，很奇妙的感覺，就像照鏡子；但嚴格說起來，天讔看起來老很多。

「我想也是時候了。」麥可微笑。

這個裝置被稱做輪迴機，輪迴機的功能就是不停重複空間內的八秒鐘，這八秒鐘內，輪迴機內的活體會不停經歷啟動後的八秒，物體本身並不會意識到，但潛意識裡的不斷重複會造成活體的自我崩解。

天讔啟動裝置。

「我想也是時候了。」麥可微笑。

「我想也是時候了。」麥可微笑。

「我想也是時候了。」麥可微笑。

「我想也是時候了。」麥可微笑。

「我想也是時候了。」麥可微笑。

麥克慢慢順時針扭曲，聲音逐漸單一化。嘴巴打開，旋轉，融化。最終麥可只能發出一個聲音。

巨大的，唵，聲。一種很原始的聲音。

天譴沒有等到麥可消失就先離開了倉庫，這個畫面太殘忍，他看不下去。

倉庫裡只剩下輪迴機發出的白光。麥可旋轉到最後變成了一朵花。

花不再旋轉，開始綻放。

二十八、危難海

小屋裡一直都只有我一個人。下班回家之後我便佔有整個空間，打開收音機，聽著播放獨立樂團的音樂電台。

近期我最喜歡的是一個叫做優拉糖果的瞪鞋團，瞪鞋是一種音樂曲風，指這些人在演奏的時候會一直看著地板上的效果器，很有趣的命名方式，不是嗎？

如果任何事物的取名方式都是以他們本身觀看的方式取名，那麼公務員就會是「看錢者」，廚師應該是「盯火人」，可能還會有更好的選擇吧，這只是我對他們的印象。

那麼，我希望被叫做「望月員」。沒錯，最後ＮＡＳＡ的實習計劃錄取我了，現在朝九晚五到太空總署報到，也算是實現了小時候的夢想。

月球探勘與生命體計劃，這是我負責的單位；計劃的目標是在月球上發展新移民，從培育簡單的生命體開始，像是海中的微生物，菌類等。這個計劃是阿波羅任務的後續，已經進行了好幾十年。

優拉糖果的吉他手開始一段不知所以的獨奏，雜亂的破音與迴響效果交錯著，要不是延遲音，我可能分不清楚他哪時候是在敲打鋼弦，哪時候是在彈單音。

我把收音機的音量轉小了一點，讓這片音牆稍微後退一些。關於優拉糖果我最喜歡的一點是，他們時常會在吉他獨奏的音階上加入一些不和諧音，讓音樂多了一些人性；有殘缺顯得更像人。

我從背包裡拿出一份藍色的文件夾擺到書桌上；我不喜歡打開天花板上的日光燈，所以只有一盞小小的黃光桌燈照著，藍色看起來有點像紫色。

文件夾上印著日期，一九八五年十一月十四日，這份是月球探勘計劃的啟動書，啟動書的意思是這裡面包含這個計劃的長年規劃、高層負責人，以及資金跟人材需求。讓我訝異的是這資料夾一點都不厚重，裡面的紙張應該不超過十五張。當然，這份文件不是我的職權所能取得的，那是在一個星期五的下午，也就是今天；我趁著巡邏機器人充電的時候，走進主管辦公室裡稍微借用了一下他掛在腰間的識別卡來進入檔案庫裡拿出來的。

現今儲存機密檔案的方式有兩種，一種是藏在虛擬資料庫海量的資訊當中，另一種就是放在上鎖的倉庫裡；我個人偏好老派一點的方式。

我其實不是很沉迷於這種犯罪的刺激感，事實上，是我聽到了某些謠言，讓我有點在意，必須親眼確認。

優拉糖果的部分已經結束，換了一個更老的團，粉紅佛洛伊德；我稍微把音量調回來一些。

文件一開始是幾張月球基地的設計圖，藍色的背景白色的線條，畫的頗為精緻。基地的設計是一個半開放式的半圓形，旁邊圍繞著許多小三角形，就像金字塔，文明的起源；半圓形建築的下方是培養氧氣的地下室，利用菌類化學生成氧氣，但用這種方式製造的人造氧一開始含有大量的毒素以及重金屬，必須經過三十分鐘的過濾才能產生能讓人吸入的氧氣。

但這含氧量並不高，月球基地可容納的最大人口數只有十六人。

容我來跟各位報告一下目前這個基地建造的進展，一九九三年送了三批的建材上去之後，太空總署為了政治性質或是科技競爭之類的關係，把經費都播給一個叫做星座的新計劃。

當然，那些建材現在就躺在月球的寧靜海上。安靜的讓人遺忘。

經費被剝奪的計劃並不會因此停擺，說句行話，轉入地下研究；太空總署轉入地下研究的計劃據我所知至少有三十七件，上千個科學家都期待著哪天自己負責的計劃能夠再次浮上台面，正式實行。

我是不在乎啦。我只希望有天能夠離開地球。聽說太空旅行過的人，回來之後就不是原來的自己了。

文件的第二份資料是關於計劃負責人的，我在第三張個人檔案中找到了答案。麥可．柯林斯。計劃設計人之一。

假若麥可的靈魂是真的，這個擁有肉體的麥可也是真的；難道，唯一假的是我嗎？

根據檔案最後一頁，麥可一年前已經離開太空總署，他住在一間海邊的大倉庫裡。我隨手拿了一張紙，將倉庫的地址寫下。

叩叩。

小屋的門被人敲了，已經過了吃飯時間；在我上太空署的實習計劃前，院長總是很友善的邀請我與他們共進晚餐，高大護士會拿著煮好的義大利麵或燉飯來到小屋，院長會坐在他的輪椅上跟我們兩人一起吃飯。

我沒有多問院長的腳或下半身是怎麼回事，沒有目的性的關心只會讓人與人之間的關係變得更糟。

但自從我開始去太空署實習之後，我會在公車站旁的熱狗店飽餐一頓後才回來，這個一起吃飯的尷尬舉動也從此取消了。有了兩顆好腎之後，當然要吃些重口味的東西。

「我沒鎖門。」

就算我想鎖門也辦不到，這間小屋的門是從外反鎖的。

高大護士開門，我從書桌前的窗戶反光可以看見部分門前的景象，另外一側被牆給擋住了。

「妳的房間在這。」

我知道我的房間在哪，理所當然護士不是在對我說話；要有新室友了？我離開書桌走到房間門口。

高大護士帶著一個小黑人女孩經過我的面前，我與小女孩對上一眼，她眼神裡充滿恐懼。護士倒是看我都不想看一眼，自從我嫌她做的義大利麵太難吃之後一直是這樣。

義大利麵應該用炒的，而不是用水煮過就好。

安頓好小女孩後護士離開了小屋。

我走回書桌前坐下，看著麥可那張彩色的臉，真的好不習慣，在我的印象裡他應該是綠色的，永遠都該是綠色的。

心思有些雜亂，沒辦法做其他事了；我離開房間，走到小女孩的房間門口。

她一個人坐在床上，放著嶄新的床單及被套；那老女人也真是的，不幫她裝一下。

我走進房間，對她微笑後，開始幫她把棉被安置到被套裡。

「妳叫什麼名字？」

女孩的小黑手擦著眼淚，她不想說話。

「我看過鬼哦，妳知道嗎？」

看來這個話題引起了她的興趣。

「告訴我妳的名字，我就告訴妳鬼的故事。」

棉被裝好了，裝的很醜；我拿起來甩一甩。

噢。被尾不小心擊中了女孩的頭，讓她整個人往後倒。

「哈，抱歉。」

是蠻不應該笑的。我伸手把小女孩扶起來；她看著我的笑臉，她也笑了。
「我的名字是史朵拉。」
「妳好啊，史朵拉。我是漠。」
我似乎從來沒提過我的名字；我的名字是漠。
「我有以前有一個幽靈朋友，他是個太空人唷，我呢，我現在也是個太空人呢。」

二十九、寧靜海／天譴末日

我最後還是沒有勇氣去找麥可，或者他根本不是麥可，管他是什麼東西。其實，我已經到了倉庫門口，只是我沒有辦法，我無法進去；沒有面對這一切的勇氣。

盡可能別往精神疾病的方面想，但是，騙誰呢？我住在一間曾經是瘋人院的收容所裡。時代只改變了它的名稱，並沒能改變它的本質；前幾天我帶著史朵拉在園區裡散步時，從主院的窗戶裡看到了幾個怪人。

我從沒想過我的麥可會是精神分裂症或是其他精神疾病，主要的原因是我以前缺少這類的知識，但我想大部分還是我不願去相信吧；因為我沒有朋友，如果失去麥可，我好像就不曾存在過。

我存在過的痕跡只剩下住院證明跟死亡證明。

站在倉庫門前時突然下起了大雨，淋得滿身濕，有這麼一個瞬間，我以為我會在因放棄而轉身時，麥可將戲劇性的出現在我背後；深呼吸一口氣後，轉身。

雨停了，我身後只有一望無際的大海。這雨只下了三分鐘。

已經沒心情抱怨天氣的善變，我一路走回收容所；我知道很遠，但人在極度焦慮的情況下，需要走路。

尤其對我這個一輩子都沒怎麼走過路的人來說，更加需要了。

腳步的頻率逐漸跟上心跳，對於一切的執著也慢慢放下，移動幫助思考，或許這是時間加上速度的魔力吧。

離收容所越近，文明變得越少；沒有車子，沒有建築，沒有人類，最後當我看到收容所的大門時，只剩下我和路燈。

「唷。」

當我打開小屋的門鎖時，被人從後面叫住。

光影與眼前的一切變得異常清晰，就像有人調高了我眼睛的解析度，心跳變得很快，快到當我看著門廊上照明燈旁飛舞中的蛾時，牠們都變成了慢動作。

「麥可？」

我認得這個聲音。

彩色、活生生的麥可站在我的身後，他穿著老氣的格子襯衫，淺藍色牛仔褲，留了鬍子，比我印象裡的他還老了許多。

「不，我的名子叫做天譴。」

我轉過身，同時把小屋的門鎖上；腎上腺素飆升的我感覺到了危險。

「我相信我們見過一次面。」

天譴走近了些，他鼻子以下的身體部位進入了光區，看起來像是只有半張臉的惡魔。

我的內心開始異常扭曲，我無法將麥可的臉與眼前這個人帶給我的感覺連結在一起，非常詭異。

當他的身體大部分被照亮之後，我反而注意到了那些在黑暗中的部分，尤其是那雙眼睛。

「換腎手術？」

「沒錯，那是我。」

嘔。我吐了一些水出來，畢竟我今天沒吃什麼東西，沒資格擁有一個漂亮的嘔吐畫面。

無法好好面對這傢伙的手曾經觸碰過我體內的事實。

「我也認識你的父親。你的新腎就是來自於他。」

嘔。我跪倒，膝蓋用力的撞擊泥土，我嘔出更多的液體，胃酸、膽汁，和其他雜七雜八的東西。

「我在你父親還很年輕的時候見過他一次，那顆腎是他的毒瘤，自從我取出之後，他的人生走上了那條上天為他量身訂做的道路，間接造成你的誕生；你發現了嗎？這一切都是環環相扣的。」

天譴開始滔滔不絕的說話，我無法直視他的臉，或者該說我無法看著麥可的臉用這種方式說話。

「時間軸上的一切都已經被決定好了，你不管從哪個方向、哪種閱讀方式去看，都只會引導到一個相同的結果。你如果在二十歲時沒有移植器官的話你就會死，我也是在那時才發現你父親的腎意外被保存了這麼久，使命感油然而生；你體內留著特殊的血，這就是為什麼你一直以來沒能找到適合的器官，但就在你生命即將走到盡頭時我同時意識到了我必須這麼做。讓你活下來。」

我感覺到他在笑，已經吐不出東西了。

「少把一切都說得像是因你而起。」

擦去嘴旁的嘔吐痕跡，現在多了頭暈的感覺，仍然感到噁心。

「看來你沒搞懂我的意思，並不是因我而起，而是因為時間。」

「麥可在哪裡？」

最後還是忍不住問了，麥可是我唯一在乎的事，他講的一大串屁話跟我一點關係都沒有。

我站起身，直視他的眼睛。

「要去麥可在的地方，有一個方法。」

天譴的眼睛出現在光下，他沒有移動；這時我才意識到，原來已經天亮了。天空呈現淡淡的藍色，我好累。

他告訴我要去哪裡才能找到麥可之後便離開了。

那將會是你的終點，他是這麼說的。

天譴的步伐一開始有點像那種只有吉他伴奏的老鄉村音樂，配合著一個中年男子的破低音，唱著自己對人生的懊悔。

離開郊區之後，他的步伐轉變成了另外一種感覺，更硬派，鐵弦刷動著龐克和絃，留著長髮的男子主唱，有氣無力的呻吟著；走在城市之中。

天讙來到市中心的廣場，步伐停止了，吉他手把吉他用力砸成碎屑，主唱跪地嘶吼。天讙的心臟跳的奇快無比，像一場賽馬，紅色閃電領先，黃色狙擊手緊接在後，紫色冰醋很悠哉的跑在第三名的位置。

果然沒有多久，紫色冰醋停在跑道上抽起菸來了。

他知道時間差不多了，沒必要再跑了；天讙從口袋拿出一個像是隨身碟的裝置，只是用兩根長針取代了原本的電腦連接ＵＳＢ口。

他用力的將那個裝置插入自己的腦幹，根據計算，從插入之後到他全身癱瘓的時間大概有零點四七八秒，天讙壓住另一個口袋裡預先放好的電擊棒開關，接著讓自己往後倒下。

廣場通常都會有一個噴水池，而天讙的身後正好有一個；根據天讙的計算，在他到達生命極致點的這一刻，他會將自己研發的生物體傳輸器插入腦中掌管神經的部位，利用適當的全身電流刺激來將自己的意識上傳至雲端系統，他的結局將會和那些偉大的異托邦電影一樣，成為強大的電腦人，在世界的陰影處控制著一切。

只可惜市中心今天停水；停水可以說是資本家的一個手段，讓那些有儲水的企業小賺一點，跟節省能源其實沒有太大關係。如果社會金字塔頂端的人不要那麼浪費水的話，人人本能有水用。

天譴倒在一片硬梆梆水泥上，那裝置受到撞擊插的更深，兩根長針從天譴的喉頭穿刺而出，他視線模糊的看著噴水池上的裸神雕像，神經抽蓄讓他看起來像是在笑著。

裝置亮起紅燈；上傳失敗。

你可能會好奇，超脫的天譴怎麼可能計算錯誤？

當時間發現有人在與之對抗的時候，催生出了保護效應；那就是平行時空。

天譴的最後一次穿越，時間在他回程時將他導入了另一個平行時空，到了一個市中心經常停水的時空。

時間理所當然的掌控著時間線上的所有事，天譴的計劃也在他的認知範圍內，天譴原本利用的是「時間軸上的事無法被改變」這個觀念來計劃的。

只不過時間使用「選擇會創造平行時空」來破壞天譴的計劃，天譴忽視的只有時間會做出防禦這件事。

他在天譴選擇穿越的同時創造出了那個會毀滅天譴最終計劃的時空。

時間究竟是不是一個意識體，這我也不知道。
只不過我的現實只有這一個。
天讌的屍體、麥可的身體倒在市中心乾涸的噴水池裡。屍體直到隔天早晨才被發現。

三十、塑膠花

人的靈魂據說只有二十一公克，在我們進入太空之後，因為重力的改變使我們變得更輕；不知道靈魂會不會也因此變得更沒有價值。
我搭乘的探險小艇在宇宙中飛行了兩天半的時間之後，降落於寧靜海。
「在太空總署三號發射平台的角落處有一艘小型火箭，火箭中探險艇的目的地在五年前已設定好，降落地點是月球。原本這艘小艇應該載著一隻基因改造的黑猩猩前往月球執行任務，但因為月球探勘計劃被削減經費，那隻猩猩最後只好前往天堂；你只需要在中午休息時間從發射平台左側草原柵欄的洞鑽進去就行了，那個洞是附近某間高中裡的太空研究社學生弄出來的。

這艘探險艇的系統已經被我改裝成可以從內部獨立操作，所以你要做的只是進入火箭，按下發射按鈕，一切就大功告成。

等到了月球之後，你就會見到麥可。記住，這是張單程票，選擇權還是在你自己。」

在晨霧瀰漫時有這麼個瞬間，我認為在跟我說話的並不是天譴，而是麥可，但這個感覺只持續了不到三分鐘。比泡泡麵的時間還短。

當我站在月球表面看著這艘探險艇時有種似曾相識的感覺，說是既視感也不足為過；它看起來就像公園裡的遊樂器材被插上了幾根樹枝。

太空中非常的安靜，我只聽得到自己在頭罩裡的呼吸聲。這套太空裝非常的小，畢竟原本是要給黑猩猩穿的，我穿上之後整個人呈現一個駝背老人的姿勢，必須用半爬行的方式才能移動；其實就跟黑猩猩沒兩樣。

不過多虧了無重力，我可以用游的，儘管我不會游泳。

太空游泳的感覺很像輕柔的電子音樂，配合著真空管效果器的聲音，彈奏著C小調；D小調也可以。

我不想要回頭去看地球的景象，因為我知道我再也不會回去那顆星球了，我即將成為月球上的第一個居民。

七年前送上來要建設月球基地的物資裡包含工程人員的食物、水等等，我相信我會有辦法的。

我在月球上尋找著麥可的身影，每一次視點裡的地平面往更遠處移動時，我都期望著會看到一個漂浮著的半透明綠色太空人對我招手。

可惜出現在遠方的並不是太空人幽靈，而是一個半圓形的巨大建築。

原來月球基地已經建設完成，沒想到太空總署的人把大家都瞞在鼓裡。基地的大門看起來很新，建築本身也是，不像是七年前，也不像是一年前才蓋好的；比較像是昨天，或者上禮拜。

我進入氣壓室，壓下減壓鈕，這個步驟在電影裡經常會看到，主角們在減壓時都擺出最好看的站姿來接收氣閘噴出的白色氣體；但其實沒有那麼輕鬆好看，減壓的過程大致上需要三十秒，而且不太舒服，雖然你沒有移動，但腦袋裡會有種極速下降的感覺，這會讓你蹲下；也沒有噴什麼白色氣體，只有接近撕裂般的空氣吸取聲。

我將太空衣脫下，裡頭還穿著太空總署的實習生實驗袍，藍色的，有著很醜的太空船標誌，就像國中的體育服；不過我沒穿過，看來每個人命中注定都會有一次這種體驗。

通往基地的閘門打開，裡頭比外頭還更安靜；我知道麥可就在這裡，不要問我為什麼，因為我就是知道。

基地裡的一切都是白色，除了正中央的稻穀田；太空養殖計劃的第一步並不包含稻穀，應該是一些阿米巴原蟲類的微生物，所以我也不知道這一片稻穀田是哪來的。

這裡的稻穀很矮，高度只到我的腰，站在稻穀田中的我就像深處在一片金黃色的大海裡。

稻穀田中隱藏著一個白色圓柱，圓柱上有個玻璃罩，裡頭發著微弱的綠光。

「麥可！」

眼淚不知不覺已經弄濕了我的臉，但這裡頭的重力似乎還是比在地球時小，淚珠們在到我的下巴前，便已經離開我飄向空間中。

在稻穀田中奔跑，那些被我撥開的稻穀們也加入了淚珠的行列，在空間中飄移漫步。

那是一朵塑膠花，散發著綠光的塑膠花。我站在玻璃罩前。

「麥可。」

觸摸著玻璃罩的我笑著。

「我想你。」

美麗並不是永久的，人類為了永久的美麗創造出了假塑膠花；這樣它就能永遠綻放著。

我並不是一個特別的人，有一個擁有超能力的生母，一個與神同名的生父，但我所得到的是一個與社會脫節的母親，我很愛她。

從小跟幽靈一起生活，最後進入了太空之中。我並沒有什麼超能力，但或許，能夠在此時此刻告訴你或妳這個故事就是我的超能力吧。

到這裡，我的故事也差不多該結束了。謝謝你把它聽完，再見。

我把玻璃罩拿開。

不知道我的擁抱，會讓這朵花重生，還是破碎。

她看來多麼的真實。她嘗來多麼的真實。

我那假塑膠愛。

但我再也無法阻止自己去感受。

假若我能一口氣將天花板吹開，那我便能轉頭逃跑。

這讓我感到精疲力盡，感到精疲力盡。

這讓我感到精疲力盡，感到精疲力盡。

如果我可以成為你最想要的。
如果我可以成為那個你想要的人。
每時每刻，每一天。

〈假塑膠花〉全文完

贈詩：堯子

頂上之光一亮
那個女孩，看起來像是
死了一般。

我對她解釋運行之道理
盼她能醒過來
當然並不只是
醒過來而已。

第二段，或是第二天
昨日的我以及昨昨日的我
不再對於明日懷有恐懼

詩人遞來一支煙
我並不是接去
只是看它沈落

又有點像藍色的，紫色的
也像飛蟲的顏色
女孩其實，
看起來像死了一般
（まるで、死んだみたい。）

我笑了，這一次又笑了幾聲
在這個空室之內

堯子
板橋
2018/05/15 00:07

後記：王善語

你可以選擇去用想像力閱讀，你也可以只去注意文字帶給你的感覺，這沒有對錯。

我無法理解為什麼有人會看不懂一個故事。它們可以是：很難理解的故事、很爛的故事、不讓人喜歡的故事。字裡行間的每一句話都有它所代表的意義，差別只在於敘事者的觀點與閱讀者的觀點，我相信大部分的人在了解一件事的時候都是經由自我投射再加上某程度的價值觀兩者融合所去求得結論。

那麼，如果你看不懂這本書，我想告訴你的是，放膽地去自我投射吧，讓書中的文字與自己建立起強烈的連結；無論帶給你的情緒是痛苦、悲傷，亦或是歡笑。讀書真的是一件很放鬆的事呢。

我沒有想要強迫你去相信什麼，你看到什麼它就是什麼。若你看到的是一個很爛的故事，那麼，它對你來說就是一個很爛的故事。但至少你看懂了。

錯誤理解這種事並不存在，只是每個人站的位置不一樣而已。

所以，你看懂了嗎？如果沒有，請回到第一頁。

國家圖書館出版品預行編目 (CIP) 資料

假塑膠花 / 王善作 . -- 初版 . -- 臺北市 : 奇異果文創 , 2018.09
264 面 ; 14.8×21 公分 . --（說故事 ; 9）
ISBN 978-986-95387-9-4(平裝)

857.7　　107013862

說故事 009

假塑膠花

作　　者　王善

插　　畫　曾知盈 (Wisy Z.)
美術設計　Akira Chou
執行編輯　周愛華

總 編 輯　廖之韻
創意總監　劉定綱
企劃編輯　許書容

法律顧問　林傳哲律師 / 昱昌律師事務所

出　　版　奇異果文創事業有限公司
地　　址　臺北市大安區羅斯福路三段 193 號 7 樓
電　　話　(02) 23684068
傳　　真　(02) 23685303
網　　址　https://www.facebook.com/kiwifruitstudio
電子信箱　yun2305@ms61.hinet.net

總 經 銷　紅螞蟻圖書有限公司
地　　址　臺北市內湖區舊宗路二段 121 巷 19 號
電　　話　(02) 27953656
傳　　真　(02) 27954100
網　　址　http://www.e-redant.com

印　　刷　永光彩色印刷股份有限公司
地　　址　新北市中和區建三路 9 號
電　　話　(02) 22237072

初　　版　2018 年 9 月 5 日
I S B N　978-986-95387-9-4
定　　價　新台幣 320 元

本作品獲紅樓詩社「拾佰仟萬出版贊助計畫」首獎

紅樓詩社
Crimson Hall Poetry Society